中国书籍文学馆·散文苑

生命旅行

沈乔生 著

中国书籍出版社
China Book Press

图书在版编目（CIP）数据

生命旅行 / 沈乔生著 . —北京：中国书籍出版社，2017.7
ISBN 978-7-5068-6284-4

Ⅰ.①生… Ⅱ.①沈… Ⅲ.①故事—作品集—中国—当代
Ⅳ.① I247.81

中国版本图书馆 CIP 数据核字（2017）第 162932 号

生命旅行

沈乔生　著

图书策划	牛　超　崔付建
责任编辑	王逸群　成晓春
责任印制	孙马飞　马　芝
出版发行	中国书籍出版社
地　　址	北京市丰台区三路居路 97 号（邮编：100073）
电　　话	（010）52257143（总编室）　（010）52257140（发行部）
电子邮箱	eo@chinabp.com.cn
经　　销	全国新华书店
印　　刷	三河市华东印刷有限公司
开　　本	650 毫米 ×940 毫米　1/16
字　　数	280 千字
印　　张	17.25
版　　次	2017 年 9 月第 1 版　2017 年 9 月第 1 次印刷
书　　号	ISBN 978-7-5068-6284-4
定　　价	42.00 元

版权所有　翻印必究

序

李敬泽

"中国书籍文学馆",这听上去像一个场所,在我的想象中,这个场所向所有爱书、爱文学的人开放,不管是白天还是夜晚,人们都可以在这里无所顾忌地读书——"文革"时有一论断叫做"读书无用论",说的是,上学读书皆于人生无益,有那工夫不如做工种地闹革命,这当然是坑死人的谬论。但说到读文学书,我也是主张"读书无用"的,读一本小说、一本诗,肯定是无法经世致用,若先存了一个要有用的心思,那不如不读,免得耽误了自己工夫,还把人家好好的小说、诗给读歪了。怀无用之心,方能读出文学之真趣,文学并不应许任何可以落实的利益,它所能予人的,不过是此心的宽敞、丰富。

实则,"中国书籍文学馆"并非一个场所,它是一套中国当代文学、当代小说的大型丛书。按照规划,这套丛书将主要收录当代名家和一批不那么著名，但颇具实力的作家的长篇小说、中短篇小说集和散文集等。"中国书籍文学馆"收入这批名家和实力作家的作品，就好比一座厅堂架起四梁八柱，这套丛书因此有了规模气象。

现在要说的是"中国书籍文学馆"这批实力派作家，这些人我大多熟悉，有的还是多年朋友。从前他们是各不相干的人，现在，"中国书籍文学馆"把他们放在一起，看到这个名单我忽然觉得，放在一起是有道理的，而且这道理中也显出了编者的眼光和见识。

当代文学，特别是纯文学的传播生态，大抵集中在两端：一端是赫赫有名的名家，十几人而已；另一端则是"新锐"青年。评论界和媒体对这两端都有热情，很舍得言辞和篇幅。而两端之间就颇为寂寞，一批作家不青年了，离庞然大物也还有距离，他们写了很多年，还在继续写下去，处在最难将息的文学中年，他们未能充分地进入公众视野。

但此中确有高手。如果一个作家在青年时期未能引起注意，那么原因大抵有这么几条：

一、他确实没有才华。

二、他的才华需要较长时间凝聚成形，他真正重要的作品尚待写出。

三、他的才华还没有被充分领会。

四、他的运气不佳，或者，由于种种原因，他的写作生涯不够专注不够持续，以至于我们未能看见他、记住他。

也许还能列出几条，仅就这几条而言，除了第一条令人无话可说之外，其他三条都使我们有足够的理由对这些作家深怀期待。实际上，中国当代文学的丰富性、可能性和创造契机，相当程度上就沉着地蕴藏在这些作家的笔下。

这里的每一位作者都是值得关注、值得期待的。"中国书籍文学馆"收录展示这样一批作家，正体现了这套丛书的特色——它可能真的构成一个场所，在这个场所中，我们不仅鉴赏当代文学中那些最为引人注目的成果，而且，我们还怀着发现的惊喜，去寻访当代文学中那相对安静的区域，那里或许是曲径幽处，或许是别有洞天，或许是，众里寻他千百度，蓦然回首，那人却在，灯火阑珊处……

目录

第一辑　飘逝的岁月

生命旅行 / 002

台北寻故 / 004

我的两段生活 / 010

我和书的故事 / 019

徜徉于鲁迅和足球之间 / 023

生命中的错误 / 026

母　亲 / 030

儿子是什么 / 037

与牛同车 / 041

雪地上的故事 / 049

永远年轻的形容 / 052

春意里的歌声 / 055

绿色陷阱 / 057

恋人的时空 / 060

他想和你好 / 064

徘徊，徘徊 / 067
浪漫人的小故事 / 070
有个姑娘叫畹丁 / 073
我所认识的罗西 / 076
鸡窝里飞出凤凰 / 079
阴差阳错的师生情 / 082
惊梦女郎 / 086
砍价历险记 / 091
法国女郎 / 093
放生记 / 096

第二辑　五色人生

孤　独 / 100
潇洒走一回 / 102
数　钱 / 104
同王蒙游泳 / 106
晓声先生，有福了 / 111
到户外去 / 114
娶小妻刍议 / 117
头发断想 / 119
关于蚊子 / 121
习　惯 / 124
进门脱鞋说 / 127
厨　房 / 129

游泳池 / 131
过年的特色 / 133
千禧之梦 / 136
放筏楠溪江 / 138
安仁观板龙 / 142
惊观石门洞 / 145

第三辑　情有所系

旅行的魔力 / 150
找同学 / 154
徐中玉先生二三事 / 158
蟋蟀的生命歌 / 161
蟋蟀断想 / 164
为人做媒 / 175
高邮的食物 / 177
这样一个老板 / 180
我的知青生涯 / 183
一个极具色彩的夜餐 / 190
养儿子当儿子都不容易 / 193
希望诗会 / 198
为孩子们点赞 / 203
幸福是什么 / 206
和孩子一起在春天里 / 210
应该对家暴立法 / 212

岁月蹉跎年轻人 / 214
南方有佳人 / 217
绰号的妙用 / 220
泡　茶 / 224
畅想菜篮子 / 227

第四辑　他山采石

我在美国考驾照 / 232
在美国买房子 / 235
纽约街头的上海女人 / 238
儿子在美国 / 241
从给小费说起 / 248
出游和家庭 / 251
买椟还珠及其他 / 254
我的田园生活 / 257

第一辑

飘逝的岁月

生命旅行

我审视自己,许久,想到一个词,生命旅行。

18岁的时候,作为一个上海知青,我来到黑龙江农场。这是一场给我一生带来巨大影响的、历时十年的旅行。

然而,这远不是我的第一次旅行。当这个世界上还没有我的时候,1950年,我的父母离开国民党统治下的台湾,来到香港。我的生命是在香港诞生,而后在上海呱呱落地。

此后,我到过中国许多地方,到过世界上许多地方。在我年过半百之后,来到了西半球,生活了相当一段时间。我对世界和人生的理解,变成复调式的了。

生命存在,不可遏止地会旅行。旅行的生命,必然有斑驳、丰富的色彩。

我8岁起,就在母亲的训导下,临颜真卿帖,写毛笔字。我18岁到黑龙江,在广袤的黑色土地上,在风雪和雷雨中,被雨果、托尔斯泰、陀思妥耶夫、梅里美等大师激励着,学起写小说。而在10多年前,我忽然有种强烈的感觉,重新抓起毛笔。好似一个迷失的人,找到了初恋的情人。

从毛笔到写小说写剧本,再回过来用毛笔。也可以说是旅行吗?

旅行,是从一个空间,到另一个空间;从一段时间,进入新的一段时间。然而,当你不愿再作物理运动时,生命依然可以旅行。那就是,灵魂将自由地穿越时空,而不需要借助飞机、火车、汽车、轮船等任何交通工具。

也就是说,神游四方,心鹜八极。

台北寻故

在国父纪念堂参加了书法活动，我立即赶到了成都路。

我是坐地铁来的。西门汀、成都路，老台北最热闹的商业街就在这里，东边的101大厦一带是日后发展起来的。成都路77号。我父亲、母亲在60多年前住在这里。一点都没有预兆，根本没有想到我的情绪会如此激荡起伏，因为年代那么久远，该遭遇的都遭遇了，该体验的都体验到了。我想，去见父母生前的居住地，说不上心静如水，但也不至于太不成样子。可是不行，一点都没有准备，我突然泪如泉涌。

我不明白，为什么我会这样伤感？

一个男人，孤零零地站立在成都路街头。白天的成都路比不上夜里的五光十色、缤纷鲜亮，但也是招牌林立。如果想看1949年前的上海，可以上这里来看。商店里传出强烈的音乐声，周围是穿梭不息的人流，大多是年轻人，他们注视的都是商店里的繁华，谁会留意街头一个用手帕拭泪的人呢？

先前在和台湾朋友交谈时，我说，我要去成都路，因为我的父母60多年前在那里生活过。他们不约而同地问，房子还在吗？那地方的房子太贵了。我带点苦意地笑了，这和房子没有关系。

这话不全是真的。当年，房子是我父母的，可是在长达30多年的两岸隔绝中，产权早已星移斗转，变成别人的了。不过，我说的又是真心话。我不是为房子产权来的。我想知道，父母曾经居住的地方是什么样子，他们怎么就会从这里离开，他们的命运为什么有那么多的拐弯？我必须有个感性的认识，这对我十分重要。

那是一幢带西式风格的房子，二层楼，现在是个商店，保持着应有的繁荣。我一再让自己冷静。60多年了，它还站立在那里，还是我父母居住时的格局，没有变化。我心里对它说，你知道，昔日的主人因为什么离开你的吗？他们离开你之后，人生的路曾经是那么曲折、多舛，直到离开这个世界，都没有来看你一眼，而他们的儿子却在许多年之后，才远道来到你的面前，他一直不敢来。此刻，他饱含泪水的眼里是感伤是痛苦是唏嘘。

看得出，你被多次修葺、刷新。可是，你的骨子没有动，如果老房子是有魂的，那还是原来的魂。

我不和店里的人说话，免得惊动你，走开了，坐在对马路对面的咖啡馆门口，远远地看着你。

先生，你以前来过台北吗？送咖啡的男招待问我。我被惊醒了，说，没有，第一次。他说，看你样子，以为你来过多次了。

我默默地看着。暮色慢慢涌上了，我却以为是历史的烟云，弥漫在我和老楼之间。我仿佛看见了我的父母，时间定格在1950年。

父亲从二层楼下来，那时他没有一点老态，模样很英俊。他匆匆地吃了早点，端起阿里山茶，还没有喝，他的司机、内侄沈三星就进来了。三星神色紧张，说，他去开车子，没想到车右侧玻璃被人砸碎了，砸的石头就在地下。父亲的眉头拧紧了，国共之间大规模的战争虽然已经结束，但是岛内商业依然凋零，而且台湾当地人十分仇恨大陆来的商人，尤其是上海浙江一带的商人，认为是他们抢走了生意。砸车玻璃很可能就是当地人所为。父亲沉静地喝了茶水，问车子还能开吗？三星回答，我试过了，能开。装了玻璃就行。父亲站起来回答，来不及了。

父亲走到门口，听见母亲招呼两个儿子的声音，父亲说，外面不安定，不要让他们上学了。母亲却说，你忙你的，我送他们去。再怎么样，不能让孩子失学。这就是母亲，她认准的事，你打断她的腿，她爬着也要去办。因为她的性格，在日后的人生路上吃足了苦头，但也是她这性格，使她顽强地活过了文化大革命。

我杯中的咖啡喝完了。此时，暮色罩住了成都路街头。就这一刹那，华灯全都亮了，成都路是如此地璀璨夺目，各幢大楼上的霓虹灯争奇斗艳，向天空向大地投射出近似于水晶的光亮，而路上的年轻人越发地多了。他们逛街、购物、唱歌、发表演说，发出热烈的欢呼。这是一个神奇的世界。

可是，我的目光却穿过了眼前的景致，看到了60多年前，父亲坐着那辆用板纸挡了碎玻璃洞的车子，驰过了凋零的街面，一拐弯走了。我看见母亲一手牵着一个儿子，两个哥哥似乎也明白此时上学不合时宜，想撒腿跑开，但母亲牵紧他们的手，没有一点放松。

两天后，父亲从基隆回来了，他去要欠款的，却没有如愿。他决定离开了，这里不适合做生意，他要回大陆去，到上海去。然而，那时社会动荡，离境许可证非常难拿到，父亲托关系，走门路，请客行贿，不知费了多少心血，终于一家五口全都获得了。他把房子和店铺托付给朋友，带着妻子和两个儿子、一个女儿离开了。

我开始想象，那一天是灰蒙蒙的，台风过去了，它以不可抗拒的宇宙力量肆虐了祖国的宝岛，把大树连根拔了起来。现在是间隙，不用多少日子，新的台风又将来了。父亲登上了开往香港的海船，天上的云裂开了缝，一缕阳光透出来，照在他略显憔悴的脸上。他长叹了一口气，心里似乎轻松了，又似乎更沉重了。他用手依次摸了三个孩子的脑袋。

汽笛长鸣，裂开的云片又弥合起来了。船离开码头，我们一家离开了生活了5年的宝岛了。

此刻，父亲不会知道，这一走，对他意味着什么。他不可能想到，战争、敌对会造成如此旷日持久的隔绝。他以为他今天走了，把房子托付给朋友，等局势安稳了，明天、后天就能回来，回到台北，回到成都路，打理他的店铺，重新开张。哪个社会都要做生意的嘛。他不知道，这只是水中月、镜中花，是梦幻。他也不会想到，他的委托人没有兑现承诺，第三年就把房子写到自己的名下。父亲更不会知道，这是他此生和成都路的永诀。

我曾经和好些朋友议论过这事，他们都认为这是件有意思的事。当时，很多有钱人，害怕共产党，跟着国民党逃到台湾去，逃到海外去了。而我的父亲却带着妻儿，做着完全逆向的行动。我父亲是告别了青天白日旗，迎着新升起的五星红旗，回到大陆的。我无法分析父亲的动机，也不想杜撰。我想，促使他作逆向行动的，是历史板块的激烈碰撞，和个人无法选择的选择。我这么说，没有褒贬的含义。

父亲一家回到上海了。南京路上有他的店面，他又购置了新的产业。不多久，公私合营开始了，父亲和许多资产者一样，无论是迫于形势，还是出于真诚，敲锣打鼓，把商店、把工厂股份送给了国家。值得他自豪的是，那时他成为南京路上17家店的私方总经理。父亲工作是十分勤勉的，常常是早晨第一个到店里，晚上最后一个离开。虽说是总经理，却经常站柜台。同时是一个遵纪守法的人。

这里要提到我，我是在他们离开台湾后，母亲在香港怀孕的，在他们抵达上海之后，我呱呱落地。我小时候父亲常把我带在身边，那时他在南京路上做生意，就带我到各家饭店吃饭，新雅饭店、国际饭店、红房子、老半斋、沈大成等等，上海有点名气的店都吃了。所以我第一印象，他是个美食家。对于我的好处，就是长大了，对于一些大的场面，都能不惊不宠。

另外我印象比较深的，就是他经常写东西。写的最多的，就是思想改造一类。到了星期日，常常午睡片刻，起床就写，一写就是一下午。我不相信写此类文字能使人愉快，但无法揣度父亲的心境。我想，在一个地方憋屈了，趁着还有钱，能吃则吃，也是一个矫正吧。

我在成都路上走，迎面走来的，擦着我肩往前的，都是年轻人。我向空中望去，两边高楼夹着一条狭窄的天，却是瓦蓝的。星光和灯光交相辉映。我走进一家服装店。店主是一对夫妻，有年纪了。我说我的父母亲曾经住在这里，他们露出惊讶的神情，真的吗？我说60多年了，早就物是人非了，我引用了一句唐诗：

去年今日此门中，人面桃花相映红，人面不知何处去，桃花依旧笑春风。

我觉得，这时才读出这首唐诗的味了。

夫妻俩倒了茶水让我喝，热情地拿出许多衣服，一件件让我试穿。其实我不想买衣服，依然假模假样，一件件穿。结果我买了不少，不光替自己买，还替太太买了。

此时，我无法不写到文中最不堪的一段。

特殊的年代中，因为父亲待人和善，商店的店员也多有人世阅历，没有为难他。却是母亲，她在体校当校医，遭到一些恶人的残酷迫害。她一只眼睛被铁链条抽瞎，眼珠打出眼眶来。此外，一个反动的家伙更是阴险，多次逼她自杀，诱导她自杀。母亲想，如果她自杀了，按当时的说法就是自绝于人民，就是反革命，那她的子女也就成为反革命的家属了。认定了这一点，她坚决不死。

了解我们家庭历史的人说，如果你们一家，当年没有从台湾回来，可能不会吃这么多苦。我无言。但我知道，历史没有假如，人生更没有假如。

　　我还知道，我们这个大家庭后来的演变的轨迹，或多或少和离开台北的那一天有关系。

　　至此，似乎明白了，为什么我踏上成都路时泪如泉涌。

　　我拎了满袋的衣服，告别了两夫妻。在璀璨的灯火中，我仿佛看见了父亲和母亲，他们暂时离开天国，回到了人间，他们相互搀扶着，在人群中步履蹒跚地走，就在我前面不远啊。

　　我不远不近地跟着，在心里说，我到你们的家来过了，是个好地方。水果太多了，好些个我叫不上名字。夜市上的小吃，好吃得很。我还买了好些衣服。真是祖国的宝岛哇。

　　大楼上的灯光像喷泉一般，喷向天空，喷向马路。

　　成都路的夜景，美于白天，胜于白天。

我的两段生活

童年

许多来上海的游人，提起上海，他们津津乐道的是东方明珠、世贸大厦之类的现代建筑，然而我回想起上海，脑子中出现的常常是那些陈迹斑斑的旧房子和如歌的岁月。两类形象重叠在一起，就像一张叠影重重、光怪陆离的照片，奇怪的是，浮到照片表面来的，往往是过去。

我的童年，在六岁之前，是在湖北路和福州路之间的迎春坊里度过的。它位于上海商业的心脏地区，出了迎春坊，沿浙江路往北，不过一箭之遥，就是永安公司和七重天。永安公司现在改名为华联商厦，那时的七重天已经叫上海医药公司了。那个地区的繁华给了我一种莫名的虚荣感，我毕竟是在南京路边上长大的。我父亲的商店在永安公司的西侧，紧挨着它的，那时叫华新公司，"文革"前夕改为金桥商场。前年我去看，房子早拆了，盖起新的商厦，已经叫别的名字了。

我已经交代了迎春坊的周边环境,现在来讲那座房子。我不知道它建于何年何月,从我记事起,它已经陈旧衰败了,但它仍然是那么庞大、芜杂,像一个蜂房。它的一楼有东厢房、西厢房、前客堂、后客堂、前腰房、后腰房,而二楼有同样多的厢房、客堂、腰房。而每个房子又可能隔成几间,住上几户不同的人家。所以,后来我必须同人掰着手指,才能真正数清那座老宅里到底住了多少人家。

我知道,这座房子过去都是我父亲的,是他做生意发财时买下来的,但他后来不住在这里了,就一户一户租出去,起先他还是有控制权的,让谁住不让谁住,都是他说了算,到后来他的权力彻底丧失了。不过,我们住的还是这房子里最好的房间。

我是由父亲的第一个老婆带大的,只有我们两人的时候我叫她妈妈,可是当着生母的面,我只敢叫她大姆妈,不然我的生母会气得鼻子里冒烟。这样,我很小的时候不得不学会见风使舵。大姆妈是一个善良的女人,很瘦,缠过脚,她生过两个儿子,一个女儿,不幸的是两个儿子没有成年都夭折了。于是我的父亲为了传香火,又娶了我的生母。我的母亲生了七个孩子,每个都健康长大,没有一个夭折。

我想,大姆妈允许父亲再娶,可能是有条件的,大概就是我。于是我出生不久,就被送往迎春坊,由大姆妈抚养了。虽然有我陪在她身边,给了她很多热闹和欢喜,然而,她常常还会想起夭折的两个儿子。有时,她会说,我刚刚去晒台上收衣裳回来,看见他们进门了,藏在哪里啊?于是,她就到处翻,大橱里、屏风后、床底下,当然都没有,于是沮丧的神情就挂在她的脸上。可以说,我从小就受到了神秘主义的教育。

大姆妈有着旧社会过来的太太的习惯,会抽烟,会打麻将。然而，49年后的政府已经不让打麻将了。在我的记忆中，下午，她总是一个人孤零零地坐在方桌边，那间屋在底楼后半截，很暗，不到四点钟，就要开灯，她一个人哗啦啦地洗牌，摸牌，做牌，非常专心，一缕青蓝色的香烟烟雾陪着她，半天对我说，和了。或者说，没和，就差一张牌。大姆妈讲过一个故事，让我想了半天。她说，父亲不知听了谁的主意，做过一笔白糖生意，糖大概是从台湾运来的，生意没有成功。于是，大批的白糖没有地方放，都堆到迎春坊里来了。这还了得，几条支弄里都堆着一人高的糖袋子，卖不出去，夜里就有人来偷糖，挖开一个口子，往小锅里往布袋里扒。偷一点糖不算什么，有了口子，白花花的糖就不停地漏出来，同古时候的计时的滴漏一样。那个时候的迎春坊，到处都铺着一层白花花的糖，像霜，像雪，像河滩边起伏的芦苇花。这大概是迎春坊历史上空前的奇观。无数的蚂蚁出现了，一大片接着一大片，这里的人从来没有见过这么多的蚂蚁，他们怀疑远近几条马路的蚂蚁都爬过来了。黄蚂蚁、黑蚂蚁、紫蚂蚁、大头蚂蚁、小头蚂蚁……什么样的蚂蚁都有。如果下雨，那迎春坊的人的脚底下都是黏的，走路很不利落。听了这故事，好些天我的鼻孔里一直灌满了甜丝丝的气息。

我觉得，住在迎春坊那座房子里的人，真有点像蚂蚁。我这么比喻没有半点贬低他们的意思，我只是想说那种摩肩接踵的感觉，那种蠕动着的生活气息。走进那栋房子，首先可看的景观是炉子。不管这家人家有几口人，哪怕只有一个人，也拥有一只煤炉。灶间不过五平方米，但至少放了十来个炉子，一只只紧紧挨着，每一只的上方都悬一盏极小的灯泡，它放出的光只能照亮这家人家的锅子，远一点就看不清了。等到烧饭时，灶间里挤满了人，走路要斜着身子，夸张点说，是从别人的背上跨过去的，但丝毫都不乱，每人都专心照料自己炉子上的锅，绝不会拿错别人的油瓶。哪家人家吃点什么，吃好吃坏，都在别人的眼皮底下，瞒不过半点儿。

放不进灶间的炉子，就放在自家门口。走上二楼，几乎家家门口都放一只炉子，炉火正红，或炒菜，或煮粥，只听"哗"一声油锅响，烟火之气弥漫在老宅庞大的肚子里。有一点我一直很惊奇，多少年了，这么多炉子天天烟熏火燎，却没有闹过星点火灾，可以说很有消防水准。

迎春坊没有树，我怕记忆有误，反复回忆，确实没有一棵树。前后支弄共六条，都没有树。这里没有绿色，只有红色、黄色、蓝色、紫色，唯独没有绿色。如果有绿色，那一定是谁家的衣袄，挂在竹竿上，迎风飘呀飘。树的位置都被人占去了，树种到哪里去？

黄家姆妈住在二楼正房。她的脸白净，老了眉目间还有韵味，年轻时一定是个美人。但这个美人的日子不顺心，她先后嫁过两个男人，但两个男人都吃官司进去了，所以很长一段时间她都守活寡。然而两个男人都对她有感情，在生育方面展开了比赛，一个替她生了五个，一个替她生了三个，都是她一个人拖大的。她常常到我家来叹苦经，手中不停地织着绒线，一针一针，织得又快又狠，对大姆妈说："我真苦啊，苦到死为止。你看，大的一个事情刚烦完，第二个又有事情了。"狠狠织几下，停下来展开具体的叙述，又狠狠地织，好像只剩一个办法了，把苦恼都织进毛衣里去。

她的房间超不过十五平方米，但她就有本事把这么多孩子和她自己的身体一起放进这个空间里去。后来，一个男人吃官司出来了，她也把他放进这个空间。后来，另一个男人也出来了，却没有地方安身，总不能让他四处流浪吧。黄家姆妈不肯让过去的男人流浪，她照样把他放进这个空间。你可以气愤，这简直是一件有悖伦理的事，够低级龌龊的了，但同时，你能说它不是一个惊世骇俗的奇迹？

我也常到她的家里去玩。我认为她是一个魔术师。白天，她的屋里只看见一张床，一张桌，一个橱，晚上这么多人是怎么睡下的呢？于是，我就在她家里捱到夜里，亲眼看她变魔术。她把床褥子掀开，抽下一块木板，放地下就是一张床，接着，她把席子也铺到地下，那就是第三张床了。此时，地下已经没有空地了，她从门背后拿出一块板，一头伸进屋里，一头戳在门外，睡在上面的阿弟哥整个晚上只能把一个脑袋留在家里。最后，她拉开小阁楼的帘布，最小的两个似猴子一般爬上去，消失在帘布后边。

后来，当我躺在北大荒的火炕上时，曾经想过这个问题。那时我已经读过一本生理方面的书，我作了荒诞的想象，那间暖暖的散布着各种气息的屋子，就是黄家姆妈的巨大的子宫，那么多孩子都是从她的子宫里钻出来的，白天他们都在社会各处游走，晚上他们没有地方去了，就爬回她的子宫里去睡觉。可是，那两个男人可不是从她子宫里出来的呀，这我就解释不清了。

少年

六岁那年，我离开了迎春坊，回到了我生母的身边。那一刻的很多事都记不得了，脑子里仅存一幅图画，我单独睡一张床，周围的一切如生铁一般坚冷和生疏，我身子缩成一团，再没有迎春坊的喧哗和拥挤了，床脚边亮着一盏绿色的小灯，像猫的眼珠，它是长夜不灭的。

那是在上海的西区，原来属于法租界。这里房子很漂亮，是一栋一栋的小洋房，有些窗玻璃五彩缤纷，像童话中的房子。园子里有树，每家的树不同，有玉兰花、夹竹桃、芭蕉、香樟、杨柳。可是，至少有两年，我觉得这里不是我的家，我是被人抓到这里来的。于是，我偷偷拿了几角钱，出发了。我坐2路有轨电车，到重庆路换5路有轨电车，车窗开着，我的脸一半露在外边，电车的打铃声是那么清脆、响亮，在我听来，仿佛是在说，回家，回家……

大姆妈见我来了，喜出望外，倒出一盆热水，给我洗手洗脸，拿出饼干桶，在我面前堆起了花生和糖块的小山。她还带我到五福斋去吃汤团，到老半斋吃肴肉面。临到我要走了，她脸阴下来，从衣襟里扯出一条白手绢，擦眼角。我也不说话，就这么僵着。为了不惹麻烦，她很少留我过夜，一直把我送上电车，说："下个礼拜要来啊。"电车开了，她站着没走。这时我发现她很瘦很矮。

回到自己家里，生母已经找我半天了。她叫道："你是不是又去迎春坊了？你不能再去看那个坏女人了！不是我要把你送走，是她抢走的啊……"她把我的脑袋按在她的胸前揉，"住了几年，就把你的心换掉了？我是你的亲生母亲啊……"我脸上像石头一样，没有表情。

那以后，我无数次地想过，大姆妈是那么瘦弱，怎么就能从母亲怀中把我抢走呢？我曾经设想过各种动武的情景，在那些情景中，大姆妈都没法变成心狠手辣、面目狰狞的坏人。又过了好些年，我忽然意识到，这里很可能有猫腻，这是一场无法不妥协的复杂的交易。我被自己的猜想震动了。从此，我再不向任何人发问，如果我猜得不对，我宁愿它成一个谜，永远悬在我档案的白墙上。

下一个星期天，我又偷偷去了。晚上，我贼一样溜回来，偷偷进门，还没进自己的房间，啪，灯亮了，像放映机的光柱突然打进来，母亲出现在面前，脸白得吓人，她把一块搓衣板扔在地上，对我说："跪下来……"

那时我不会超过八岁。

这是令人不快的，甚至有些尴尬的回忆。我的笔不在这里多停留了，跳过它，现在我叙述的是我四年级的事。

四年级我转过两次学，第二次转入了永嘉路第一小学。班上同学家境困难的似乎不在少数。有个男同学下雨天赤着脚来上学，到校后，在水龙头下把脚冲洗干净，从书包里拿出布鞋穿上。还有一个女同学，下雨天穿雨鞋，晴天也穿这双雨鞋，鞋子里还放出气味。对照他们，我的生活就算奢侈了。那时，我已经习惯我家的优越条件了，与此同时，到迎春坊去的次数也在不断减少。

我在三班。二班有个学生，姓张，个子比我们谁都高大。他自行车骑得特别好，能在人行道最边上那条窄条内骑，不歪出来，骑过一条马路。才四年级，他就喜欢发号施令，在学校里当头。他不仅管辖他班上的同学，还把手伸到我们班里来，很像黑手党的老大。那时我们常在三角花园一带玩，那里立着普希金的铜像。

一次，他把我叫到边上，问："你喜欢你们班上哪个女同学，老实告诉我。"

我早听说他爱干这类事，大概他认为得知了一个人的内心秘密，就能够控制他。

我想了想，告诉他一个名字，就是那个晴天也穿雨鞋的女同学。他斜着眼说："你这个赤佬，骗到我的头上来了。"

我逃过了他的纠缠，但静下来，忽然想，我喜欢哪个女同学呢？这好比是他带我去一个地方，虽然门没打开就走掉了，可是我现在自己找来，要敲门了。我喜欢谁呢？这是一个令人心灵颤动的发问，我的眼光闪烁起来，行为也变得诡秘，像个小偷。傍晚，我站在我家的晒台上，襄阳北路上有个天主教堂，它的圆顶是天蓝色的。天黑了，可以看到中苏友好大厦尖顶上的五角星，四周唯独是它，放出熠熠的红光。

我明白了，我喜欢谁。于是，我到文具店里买了一张贺卡，我挑的是最贵的一种。需要说明的是，当时同学中很少有送贺卡的，也没有几个人能拿出钱来，可以说我是一种超前意识。我明白我喜欢的是谁了，那是一个身子比较高的同学，从背后看，她的身段绝对美。从正面看，她的皮肤很光洁很白，她的两个嘴角陷下去。我喜欢这种陷下去的感觉。现在我必须说她的缺点了，她的一个眼睛有点斜，但这不影响她的美，反而会增加一种感觉，一种韵味。写到这里我几乎有点得意了，我十二岁时，就懂审美，审有缺陷的美。那个时候我就不平庸。

放学了，教室里剩下了几个人，她背上书包要走了。我急忙追上去，喊住了她。我什么话都没说，因为我根本不知道该说什么。就把拿卡的手伸出去，说："给你。"

她的脸一下子绯红了，她应该早有预感，我向自己发问时她不可能没有丝毫知觉，她轻轻地说："谢谢你。"这一瞬间，她的斜眼里放出迷人的光亮。我想如果她的眼睛不斜视，一定不会这么迷人。她拿了贺卡走了，就这样她从我的世界中走开了。我曾经寻找过，却没有再发现她以后的行踪。只听说她后来下乡嫁给了一个农民，生了一个儿子，后来她要返城，闹出点感情纠纷，她的日子不顺。

贺卡的事就这样结束了，我用行动回答了张老大的提问。但没想到一个星期后，我却卷入另一个事端。班上有个女同学，人很瘦，长着个鹰钩鼻，她很喜欢吃零食，你很少看到她嘴不嚼动，等到她没有零食嚼动时，就要嚼事情，班上不少是非都是由她嚼出来的。不知哪一天开始，大家看我的眼光很怪，我走过去有人就要躲开，仿佛我是一个异类，乔装打扮混到他们中间来。我很生气，也很恐慌，这是怎么啦？这种情况至少延续了三天，我问一个同学，他犹豫好一会儿，才对我说，是鹰钩鼻说的，她认识我们家的邻居，邻居对她说，这家人家有大老婆小老婆。鹰钩鼻子还说，我是小老婆生的，还买贺卡送给女学生，勾引人家，她亲眼看见的。

我脑子里嗡一下响开了，我的爸爸有两个老婆，跟她有什么关系，那是因为大姆妈的两个儿子夭折了，为什么她要像发传单一样往外发，而且，她凭什么把我送贺卡同两个老婆联系起来，这……我不敢往下想了，朝镜子里偷偷看，镜子里的似乎不是我了，而是一个小老婆生的人。我索索发抖，我不知道这是个什么罪名，但就是觉得可怕。我足足苦闷了两天，心想不能这么窝囊。

放学了，同学们从校门口走出来，拐进边上一条弄堂，我看见鹰钩鼻子走在前边，就急速地向她跑去，做的是一种骑马的架势，这时我脑子里一定是浮起了夏伯阳，他在草原上挥舞着马刀，白军像草垛一样倒下，太阳因为流血过多而惨淡。我很快就迫近她了，大喊一声，鹰钩鼻子回过头来，我俯下身子，就势一拳打在她的背上，嘭的一声，直到今天我似乎还能听见那声响。我感觉到她的背很硬，一点弹性都没有。她哇的一声，刚想哭，看清是我，忙躲到一边去。

我仍是往前冲，充满了得胜的快感。我让大家都看到了，中伤我的人不会有好结果。跑着跑着慢下来了，我有些疑惑，还有点伤感。我想我是怎么啦，怎么会打女同学的，要是她向老师告状，老师再向我的父母告状，就有麻烦了。

几天过去了，我并没有遇上麻烦。后来听人说，有同学向老师汇报了，老师找鹰钩鼻子来问，她说，哪有这事，没有这事，他没有打过我呀。老师研究似的看她，相信了。她想怎么有人无事生非瞎告状。

那天，我同鹰钩鼻子遇上了，在砂滤水池旁，两人的眼神对上了，都带些紧张，刚碰上就滑过去了，各自低下头去喝水。

这是我一生中唯一的一次打女同学。

我和书的故事

书,现在我们每一个人就手可以接触到,但是接触到的不一定等于认真读,等到你接触不到的时候反而朝思暮想,苦煎苦熬的,这便是生活和书的一个关系。人们说,书是一个保存的世界,世界是一本摊开的书,抑有道理乎?

我小学四年级的时候,单独住在家里的三楼。那时我的两个哥哥都上了复旦大学,他们住进学校的集体宿舍,三楼便成了我的世界。哦,且不说那几本装帧精美的邮票簿,那些匈牙利的、英国的邮票是多么美丽多姿,把我引进一个个奇妙的世界;且不说那一摞摞的蟋蟀盆,等到秋天斗虫的时候,那是怎样一笔令人眼馋的财富;让我们看看黄橱吧。黄橱,这个词在我心里唤起多少亲切的感情!它似一个感情的温床,让我在这几十年的生涯中,不管经历怎样的磨难,一想到它,就心里暖暖地荡出音乐。

黄橱,分为两截,上截是玻璃门的,有三格,下截是木门,里面装满了一排排书。等到夜里,家里人都以为我睡着了,我就悄悄地拧开台灯,移到枕头边上,心怦怦地跳着,又变得宁静。我从书橱里把书一本本拿出来，抱到床上去，挑自己喜欢的看，挑看得懂的看。《红楼梦》是不看的，男男女女对一个小学生没有引力，《儒林外传》《聊斋志异》也有些勉强，我喜欢上它们是后来的事。那时喜欢的是《三国演义》《水浒传》，赵云、武松的英武刚烈正合了我当时的胃口。那些激烈厮杀场面也叫我神往。还喜欢看的就是《山海经》的绘画本，有插图的《苦儿努力记》，我便知道世上有这等离奇的事，知道有这样苦的孩子。我的童稚的心灵便变得柔软而多情。时光悄无声息地流走，有时我抬起头来看，东方竟已微亮了，有时看着看着就枕着书进了梦乡。那个时候，那间小房子里充满了魔力，世界上各式各样的人和事都进来和我厮磨、打招呼。

冷不丁，母亲突然出现在面前，用斥责的口气说："还不睡吗，都什么时候了！"随手拧灭了灯。我在黑暗中入睡了，梦中还和书里的人物相遇。

但好事并没有持久，社会动荡的烈火烧毁了黄橱里的书。我亲眼看见造反派把书往卡车上扔，滑下来，毫不客气地踩上鞋印。黄橱空了，空了的黄橱被打上了封条，像受伤的脸上贴了橡皮胶。我失神地在街上走，偶然冒出个书中人物，陪我走一段，我就不觉得太难过。

有一个朋友来看我，他竟带来一本《莫泊桑小说选》。那时我已经能看懂这本书了，我看入了迷，还问他要书看。他挺神秘地对我说，他哥哥的学校图书馆被造反派砸了，没人管，他的哥哥去抱了一大捧回来，都是名著好书，在家里藏着。我兴奋地说，让我看看吧。他却摇头，秘不示人的样子。我心里就很不安静。一次去了他家，我听他说书藏在一只黑褐色的床头柜里，就要过去拿。哪想到这个朋友像豹子一样蹿起，拦腰抱住我，把我甩到一旁，我不理他，硬往前冲，他双手顶住我，后背护住床头柜，就是不让我进一步，他比我大两岁，力气大出许多，我怎么冲突都没用。好一场角力，我俩都呼哧呼哧喘气了，我终究没能靠近柜子，心里愤愤的，不就是书吗，为什么不能让我看一看，知道我找书读，偏要藏起，还是我的朋友吗？眼泪都流出来了。我的那位朋友仍不让步，把头偏到一边去。

好些日子过去了，我又去了朋友家，恰巧他中间出去了，我的心跳得快起来，快捷地上前，打开黑褐色的床头柜，怪了，一本书都没有，我足足愣了五分钟，怎么都不会料到是这个结果。后来我才知道莫泊桑的小说是朋友的哥哥捡来的，一得意他对我吹起了牛皮。我怔怔的，心想，要是我不揭开这个谜，还以为柜里藏着满满的书，那我只会恨朋友小气。两种情况，哪种会好受些呢？

接下来我就到黑龙江农村去了，过了几年没有书的生活。正当我差不多要把书忘掉的时候，遇上了一个朋友，发生了没有预料到的转折。那朋友脸白白的，人很高，因为生过肾炎，没有力气，那时还不怎么能吃盐。他喜欢玩，玩得比较高雅，教大家打桥牌，人给他起了一个绰号，叫"提鸟笼"。

提鸟笼有一个箱子，挺大的，像皮的。一天，他打开来让我看，我眼睛都亮了，一箱子书啊。和以前那个朋友不一样，那是虚的，只存在他的牛皮里，而现在是确确实实的，每一本我都看见了，都可以拿起来捧在手里的。提鸟笼肯借的，但有一条，一次只准借一本，看完了换。

我当然答应，于是看了《战争与和平》。我真是不明白，写战争的，怎么开头老是舞会，公爵伯爵，夫人小姐，跳来跳去。而我们那时刚经历了文革的烈焰，就是到了农场，也是三天两头要开批判会，书里描写的和我们环境相差很远，我兴趣不大。再换了读，雨果的《九三年》，梅里美的《嘉尔曼》和《高龙巴》，都给了我难以忘怀的印象。特别是看梅里美的两篇，我的灵魂产生了震动，那哪是普通的女人，那是自由的精灵，复仇的女神，给人类生活带来电闪雷鸣。再过几年，我就能看《战争与和平》了，躺在被太阳晒热的麦秸上，俄罗斯的宏大旋律在我心中回荡。应该说，这是我文学的真正启蒙，后来我写了许多虚构作品，都是从这里出发的。

　　这都是久远的故事了。最近我和一个大学的作家班朋友谈话，一个学生说，朱苏进对她说，他把茨威格的《一个女人一生中的二十四小时》从头至尾都抄了一遍，她非常吃惊，说，竟然这样的啊。别的学生似乎都有些不理解，一双双眼睛在问，有这个必要吗？为什么不去买一本？我说，那个时候我们不少人都抄过书。他们似乎相信了，找了许多书来读，抄不抄我就不知道了。

徜徉于鲁迅和足球之间

我小学四年级的时候,母亲把我送进上海虹口体校,学习航空模型。我不喜欢这项目,常常怠学。教练对我不抱希望,所以到后来,除了上午上文化课,整个下午我四处闲逛。虹口体育场有当时上海最好的足球场,体育场隔壁是虹口公园,鲁迅的墓就在公园里。

现在,隔着迷蒙的时空,我还能看到十二岁的孩子怎样似幽灵一般在两个场所间徜徉。当时我是无所事事,毫无目的。

两地之间是黑色的竹篱笆,而竹篱笆上永远有一个大洞。我心里感激这个洞,有时洞被园林所的人补上了,可是很快又被拆开了,我不知道是谁拆的,我从没见过拆洞的人。因为有了这个洞,我溜进虹口公园里,就像溜回另一个家一样方便。比方说,我刚刚还在看足球队员在场上盘球,射门,转眼已经在公园里,坐在鲁迅的墓前了。

啊,就是现在,我闭上眼还能看见鲁迅的墓。方方的陵台,沉默的鲁迅端坐在石椅上,凝视着前方。永远是淡淡的阳光,寒风吹动荒败的野草。现在我还想不明白,为什么当时鲁迅墓前的人这么少，这是20世纪60年代的初期。整整一年中，我到鲁迅墓前不下五十次。往往墓前只有我一个人。我坐在石台上，一条腿悬在那里晃，看着鲁迅，脑子里什么都不想。阳光斜照在我的身上，只觉得这个地方很安静，静极了。我拔石缝间的草，捡了一把枯叶，用枯叶的一根根茎子来斗，看哪根不断。玩了不知多久，抬头看，鲁迅还是坐在那里。

后来，星期天回家，我在哥哥的高中课本上看到了鲁迅的《药》。我不懂里面的意思，但我记住了小说末尾铁铸一般的黑乌鸦，心里不由发抖，我想，这个永远坐着的老头为什么把人心里搞得发寒。这样，我看鲁迅的目光就有些两样。有一次，我看见黑色的大鸟了，那是在我钻过篱笆的一刹那，听到林子里泼泼声响，就有一只鸟儿飞起，嘴是黄的，身子乌黑，很大，它不像小说中的乌鸦箭一般飞去，而是柔和的，徐徐地扇动翅膀，消失在树林里。我想问他，这鸟为什么同你的鸟飞得不一样。但鲁迅坐在石椅上，不说话。

另外的时间，我就在体育场里了。到这里踢足球的都是初中生，比我大，他们看我是忠实的观众（那时还没有球迷这个词），就抬腿一脚，把球高高地向我吊过来，叫我迅速停住，转身射门，我当然做得不像样，他们哈哈大笑，说："老实到看台上坐着吧。"

于是，我就到乒乓球馆去，碰到一群女孩子，也都比我大。我呆呆地看她们练球，白色的弧光在我眼前乱飞。她们休息了，不知为什么，她们一窝蜂上来，都要教我打球。这个说你球要这么发，那个说你抽球的姿势不对，要这样，还有一个叫道，步伐移动要快。我耳朵里都是她们热切的声音，我处身在一大群比我大的异性面前，很有些发呆，等我醒过来，拼命挥拍，兴奋得不行。她们围着我，有的拍拍我脑袋，有的拉拉我耳朵，一个女孩子说，我是她们大家的弟弟。这样，她们的训练似乎也添了情趣。后来她们对我说，你干脆转到乒乓队来算了。我就让母亲去说，母亲告诉我教练不同意。

　　虹口公园的门口,摆着一些摊子,剩下的时间我就上那里去。有一个老头摆气枪摊子,靶子是几只麻雀,打死了有奖。我一直在边上看,打枪的从来没有一个人把麻雀打死,我怀疑枪有问题。等到摊子前没有人了,老头用铁条把一只麻雀捅死,挂在那里,对后来的人说,这是前面人用枪打死的。我瞪大了两眼不明白。到许多年后我才意识到,这段生活没有教给我将来世界的答案,而只是让我在将来世界的门槛上逗留了一会儿。

生命中的错误

谈到生命中的错误,眼前便有看万花筒一般的感觉。人过不惑,生命中所犯的错误还会少吗?然而,有一件事在我的心中一直不能忘却,让我汗颜自省,而且越是隔得久远,越是变得清晰。直至今天,我还理不清其中的因果,不知道我应该负多少责任。

1966年开始的时候,我刚进初中不久,总觉得有一个东西死死地罩住我,像是我头上永远不能消失的乌云,那就是我的资本家的家庭出身。父亲是建国后从海外回来的商人,虽然归国是有益于人民的举动,但到了那个时候他早就灰溜溜了。我特别地怕别人提"出身"两个字,只要同学谈到出身,我就浑身不自在,仿佛所有的同学的眼光都如剑一般朝我刺来,我连忙逃开。我知道我完全有条件当中队长的,但是班主任却不顾同学的选票,只让我当一个小队副。几个红卫兵用皮鞭抽我,叫道,狗崽子老老实实,不许乱说乱动。所以我内心充满愤懑和不平,却不能流露出来。我和好朋友偷偷溜出去串连,在填写身份登记时,凡是出身一栏,我毫不客气地填写:工人。边上没有认识的人,不会有人揭穿我。好似这么写过,我已经享受了工人阶级出身的荣耀和幸福。

我串连回来,回到上海,家中已经被抄过家了。可能是我母亲是体校的医生,所以并不彻底,只拿走了一些金银财宝,拿走了存折,其他的基本没动,我们还住在那栋洋房里。然而家中的矛盾已经十分尖锐了,外婆和父亲的关系不好,外婆怪父亲让她住在朝北的房间,整年不见阳光,而父亲则说她为人尖刻,要我们大家都不要同她多讲话。

外婆信佛,下巴尖尖的,一双小脚也是尖尖的,成年累月捏着一串佛珠,对着一尊蓝莹莹的玉菩萨,在她的朝北的小屋中诵经,在我听来,简直是和时代极不合拍的噪音。我早已接受了文化大革命的洗礼,早就想破旧立新了,她怎么还能搞迷信?我一心想把她的玉菩萨砸碎。那天她又在念经,我突然推门进去,大声说:"不许搞迷信!"

外婆眯着眼睛,没有牙齿的嘴巴瘪下去,不停地蠕动,发出模糊的粘连的念经声,听到我的喊叫,她身子一颤动,微微地睁开眼睛,让我看见了她的混浊的惊恐的眼珠,接着又合上眼皮,继续念下去。

我觉得自己受到了轻视,更有一种莫名的无理的冲动,我又说:"听见没有,不许搞迷信活动,把菩萨交给我!"

外婆咧开嘴巴:"小鬼作孽啊,不能冲撞菩萨。"

我哪里理这一套,上来就要夺她的菩萨,她舍身来保护,两人一抢夺,她的小脚站立不稳,摔倒了,在地上嚎道:"救命啊!杀人啦!"

我听到她喊,心里胆怯,也不管什么菩萨了,连忙退了出来。

第二天,我从外面回来,外婆的弟弟,二舅公已经在家等我半天了。他是一个瘦条子,已经退休,大概在原来的单位也受了一些批判,所以对我雄赳赳的气概也十分敬畏,讲话绕了半天才说出了本意，是请我不要逼外婆。我则用一双敌视的眼睛，一言不发地看着他。他喏喏地退走了。后来我听说，他对我母亲说："不行，一点用都没有，这个小孩子吃过枪药了。"

外婆对这事作了一个推理，她认为我夺她的菩萨，一定是受了父亲的挑唆，老鬼和小鬼联合起来，对她恶作剧，所以她心中已经酝酿着还击的计划，可是我一点都不知道。

又有一次，是在厨房里，她在烧一个她单独吃的菜，同时还用瘪嘴在念经。我又一次地站出来，阻止她念经，让她把菩萨交出来。我记不太清当初的过程了，我记得碎了一个热水瓶，可能是我碰倒的，也可能是我推了她，她碰倒了水瓶，腾腾的热气升了起来，弥漫在我和外婆之间，这热气让她感到了一种恐惧和绝望，她在地上跳了两下，开了门，大喊救命，引来许多围观的人。

事情就这样开始了，同时也就注定了结局。在我们当时这个危机四伏的家庭，这个冲突是一个可怕的契机。好像是一堆干柴，我和外婆的冲突就是一颗火星。外婆先是到我父亲的商店去告状，说我受父亲的挑唆来害她。商店里的人革命性比较差，没有当一回事。于是，她又让以前的保姆陪着她，坐上三轮车，去了母亲的单位，灾难就此发生了。

母亲在一个体育学校当医生，体校的造反队是动乱中最野蛮的派别。很可能他们想，他妈的资本家家庭还闹内乱，正好闲着没事干，去收拾他们！所以，母亲认定再次抄家的祸完全是由我闯下的。但是真实的原因有谁知道呢，或许体校的造反派早就觉得第一次抄家不彻底，没有把资本家的婆娘揪出来，原来就要来第二次打击的。然而不管怎么寻找理由，在整个事件中，我是有责任的，而且随着年龄增大，我的这个想法越是肯定。好像一个巨大的铁球，搁在高高的通道上，由于各种支撑的关系，虽然岌岌可危，但还勉强维持着平稳。只要稍加一点力它就会滚下来，这一点力就是我加的，于是铁球从通道上轰隆隆地滚下来了。

第二次抄家开始了,这是一次极其残忍野蛮的迫害,造反派把我们全家从原来的洋房中赶出来,赶进一座破旧的房子的两间小屋,我们七个兄妹的所有东西都不让带,只带几件换洗的衣服。当时是夏天,拿的衣服非常单薄,到了冬天,我们只能穿着单裤过冬。赶出来时只准带两张原来保姆睡的铁床,别的什么都没有。那样子很像《红楼梦》中的抄家,某些地方似乎还要惨。至于我的外婆,她也没得到任何好处,她的好些东西包括玉菩萨都被造反派抄走,下一年她就凄惨死去。而最遭难的是我的母亲,她被囚禁起来,造反派用铁链子抽瞎了她的一只眼睛。

事情过去许多年了,然而,它常常要从记忆的深处浮出来,像针一样刺我,对于它,我说什么都无用。虽然那时我十五岁,是一个狂躁的少年,但我知道这是永远无法磨灭的错误。

母 亲

说起母亲，每个人都有满腔的话要说。我总觉得，我的母亲对子女的爱很特别，因为这是同那些特别的日子联系在一起的。

母亲是一个有性格的人，她认准的事情，就一定要做，无论有多难，都无法阻止她。她曾经对我们说，年轻的时候她就有梦想，那梦蒙着玫瑰色，随着风飘飘忽忽，将来她要生很多小孩，让他们干各种各样的事。果然，她生个没完，一个接一个，每隔两岁有一个，总共七个孩子，都蓬蓬勃勃成长起来了。现在一大半在海外，七个孩子也真干各种各样的事，搞科研、做生意、跳舞、写作、当官、开饭店，品类齐全，都合了她少女时候的梦。

1966年后，是母亲最艰难的日子。我们家是新中国成立后，从海外回来的。父亲做棉布、百货等生意，我们子女的家庭出身就是资本家，可是母亲是医生。当时父亲对她说，你不要上班，家里孩子多，够你忙的了。可是她不愿意："我能老呆在家里吗，你说我能不工作吗？"回国不久，她就到体校当运动专业的医生。灾难降临了，体校的造反派说她是资本家的老板娘，是吸血鬼。她大声抗议，说她是医生，是治病救人的医生，不是吸血鬼。造反派说她狡辩。她还举出治病救人的例子，她替某个教练检查身体，非常细心，摸出了他颈上的一个肿块，由于是早期发现，现在那教练还活得好好的。造反派狂喊反动，反动！他们用皮带抽她，她死不承认自己是吸血鬼。他们就改用铁链子抽，她被打得皮开肉绽，浑身鲜血淋淋，一只眼睛被打瞎了，可是她还不改口，仍然说自己是医生。

有个造反派头头很恶毒，我不明白他对母亲为什么这般仇恨。他对我的母亲说："你为什么不死？按你的罪行，死还是便宜你。你应该自杀，你没有资格活在世界上。"在我母亲遭受一顿毒打之后，他阴险地把两根裸露的电线放在我母亲面前。当时，母亲内心是非常痛苦和犹豫的，经过长期非人的折磨，她早不怕死了，即使不用电线，她从窗口纵身跳下去，也可以离开这个世界，早早结束苦难。体校中好几个人这么做了。她多少次走向窗口，但到了跟前，她都收住了脚步，眼前浮起一个个孩子的面孔。她的眼里充满了泪水，她在心中一遍又一遍地同子女说话，亲爱的孩子们，我要走了，不是我要离开你们，不是我不爱你们，妈妈没有办法了，真的没有办法……你们会原谅妈妈的，会不会啊？我去了，你们要好好过日子，好好地做人，靠劳动养活自己……你们的爸爸遭了这么大的难，太不容易了，你们要爱他，关心他，再不能给他添麻烦……小弟、毛豆还小，你们做哥哥姐姐的，要把他们领大啊。她想我们会听见她的话的，一定会的，母亲呼唤子女的声音，隔再远的路，都是能听见的。

等到泪水流干，她改变主意了。她不能这么做，不这么做的理由不是爱惜自己的生命。她心里清楚，如果她自杀，就是对抗运动的现行反革命，我们七个子女就是反革命家属，这个帽子要一直戴下去。而我们现在还只是资本家的狗崽子，比现行反革命子女还是要好些。死是容易的，为了子女，她不能去死，她必须选择艰难的方式。很多年后，当母亲把想法告诉我们时，我不住地颤抖，久久说不出话来。我惊叹在母亲羸弱的遍体鳞伤的身子里，何以有这么顽强的毅力。

我的母亲是苏州人，自小就随她的母亲到上海。谁能说苏州人都是软绵绵的呢？人们一般以为，苏州话呢喃带腻，苏州人的性格也是这样，这实在是一个认识错误。苏州固然广有小巷人家，有玲珑剔透的楼台亭阁，但同时它又是一个有个性的城市。历史上的金圣叹，六烈士就是它倔强的风骨。女子的肌肤是柔弱的，但撑起肌肤的骨头是坚硬的。我想，我的母亲血管里流着的是苏州人的另一种血液。

现在我静静地回想母亲，记忆最深的，就是她在灾害那几年中的身影。那时候，食物非常紧缺，一点点菠菜还要营养证，小孩子都喊吃不饱。母亲是医生，她知道我们小孩在发育期，需要营养。到了星期天，天还没亮，她就起床了，有时喝一口稀粥，有时空着肚子，就顶着星光出发了。她是到上海的郊区去，到有水的小镇去，替我们收购食物。

母亲是这些地方的常客，照过几次面，不少农民还认识她。那个年代割资本主义的尾巴，禁止农民搞副业，但还是有农民偷偷地搞，他们到河里去打鱼摸虾，又把家里仅有的一只鸡，几个鸡蛋拿到村口来卖，母亲就去收购，两边都偷偷摸摸的，不敢给人看见。那时天刚麻麻亮，负责割尾巴的人尚在睡梦中，不太可能发现星光下的"罪恶"交易。此时，我的眼前又浮起母亲当年的形象，她的脸是灰白的，脸上有细碎的淡淡的皱纹，像一张隐约的网，网住了她脸上的表情。由于疲劳和睡眠不足，她的眼睛有些下陷，但眼里却透出一种寻求食物的热烈的光亮。我甚至把她想象成一个地下工作者，她的工作同获取情报一样紧张而重要。

因为是休息天，我们小孩都起得晚，等我们从被子里钻出来，母亲已经往返几十里，赶回家了。而她的菜篮子里早已装满了食物。这一天就将是兴奋的一天，当炉子上飘出肉的香味时，我们叽叽喳喳的，家中像有一群欢乐的小鸟。吃饭的时候，她给每个孩子搛肉搛菜，自己至多喝一点汤。

母亲自小相信读书，她认为书读好了，就有本事，就能在社会上站住脚。她曾经说过，回国后她就劝父亲开医院，如果父亲听了她的，那就不算资本家，后来家里也不会遭这么大的难了。但是父亲不懂医学，所以没有听她的。她每次谈起这些时，似有无限的惋惜。她对我们孩子寄予了很大的希望，两个哥哥她自小抓得很紧，后来都成了复旦的高材生。姐姐自五岁起，就被她送到舞蹈班去了。那个俄国人老师特别严厉，姿势稍不到位，就用尺子狠狠地打小孩裸露的腿，红一道青一道，姐姐哭着不肯去。母亲的眼睛也湿了，但她还是硬着心，把姐姐送去。轮到我，因为外公是苏州的一个画师，所以她让我学毛笔字，后来把我送进体校学航模。而我妹妹则是从小学钢琴。

我们家四个男孩，可能是大哥传下来的，都喜欢玩蟋蟀。到了秋天，我们家就会响起蟋蟀的一阵一阵歌声。那时，弟兄几个玩蟋蟀到了废寝忘食的地步。我们不仅到人民大道去买，还深更半夜打着手电，到野地里去捉。看着黑铁头与黄玉龙拼死格杀，我们大喊大叫，无比快活，家中简直成了一个蟋蟀王国。母亲来干预了，她认为我们是玩物丧志，不许我们玩。但我们阳奉阴违，看母亲快回家了，我们赶快正襟危坐，拿出功课来做。等母亲一出门，我们很快就捧出各种蟋蟀盆，有龙盆、天落盖、和尚盆、高脚盆等，又让蟋蟀厮杀了。母亲很快察觉了，趁我们上学去，她不声不响，把所有的蟋蟀盆都搜了出来，不管哥哥藏在什么隐蔽的角落，都给她搜到了。等我们放学回来，面前放着一叠叠瓦盆，都是母亲的"战利品"。

我们面面相觑，不知说什么好。母亲举起一个盆，狠狠地摔在地上，啊，我心中一声喊。我看见大哥的玉龙从碎瓦中爬出来，跛着一条腿往前爬。母亲又抓起一个盆，重重地往地上摔去。大哥痛苦地闭上眼睛。母亲的脸色是那么严厉，我们哪个都不敢违抗，眼睁睁地看着她把所有的盆摔成碎片。我们的蟋蟀王国就此断送了。

没想过了一年，我家的晒台上搭出了一个棚子，传出咕咕的声音。我走近了看，里面是十来只白的灰的鸽子，哦，大哥养鸽子了。我的大哥是一个英俊活泼的大男孩，曾经是青年宫的话剧演员。他总是能做出一些新鲜有趣的事来，因此母亲认为，他给弟弟妹妹带一个什么头，特别重要。不久，鸽子熟悉了它们的窝棚，可以放飞了。从此，每天清晨，一群鸽子从我家的阳台上飞起，在蔚蓝色的空中一圈一圈地飞翔（我记忆中，那时的天空真是蓝啊）。它们是那般地矫健，精力充沛，不知疲倦，直到傍晚，才徐徐降落下来，回到鸽棚里。大哥看着空中，脸上露出一种奇异的骄傲的神色，仿佛在空中飞翔的不是鸽子，是他自己，是少年大哥长出了翅膀，在空中飞翔。

我们家马路斜对面有一户龚家，是老上海很有实力的资本家，他家的鸽子得到过全上海比赛的冠军。每天龚家有几百只鸽子在空中飞翔，那是多大一个规模呀。现在大哥也有自己的鸽群了，在龚家庞大的鸽群边上，也有少年大哥的鸽群了！

然而，危险在慢慢地向大哥逼近，我想他也一定觉察到了。他光洁的额头竟然拱起一条皱纹。爸爸和妈妈在自己屋里对话，妈妈说，不行，不行，不能让他把精力都用在鸽子上。他马上要考大学了，学习要紧。爸爸的声音很含糊。妈妈尖声说，这个时候，你还放任他，不行，一定不行！爸爸就说，那就杀了吧，烧了吃。

恰恰大哥听见了爸爸的最后一句话，他的眼睛顿时就红了，大喊大叫："不许杀鸽子，谁吃了谁烂肚肠！"爸爸看看他，走开了。

妈妈沉着地看着大哥，不说话。

那一天终于来到了，大哥放学回家，忽然听到阳台上有动静，他来不及放下书包，就窜上楼梯。母亲在阳台上，正举着一把柴刀，一下一下，重重地劈在鸽棚上。此刻她的工作已经接近尾声，漂亮的鸽棚成了一堆碎木片，而那些行将降落的鸽子正惶恐地看着这不可理解的一幕。大哥绝望地叫了一声，泪如泉涌。他想抢母亲手中的柴刀，很快放弃了。他在晒台乱蹦乱跳，拼命跺脚，似乎这一刻都不想活了。

母亲扔掉了柴刀，抱住了他的脑袋，嘴里喊："儿啊，儿啊……"于是，少年大哥的脑袋就在母亲的胸口嘭嘭撞响。两个人都流泪了，大哥身子一直硬僵僵的，忽然就软了。两个人的泪水流在了一起。然而，鸽子的下场是很悲惨的。有些鸽子飞走了，但有几只鸽子天天停在我家晒台的栏杆上，停在屋檐上，白天能看见，晚上不知它们上哪儿过夜的。大哥的心如箭射透了一般，当然谁都不敢杀了它们吃。这些日子他是怎么度过的啊！但是，母亲也下了狠心。这是一段情感很痛苦、很复杂的日子。终于，鸽子不来了，最后一只鸽子也飞走了。

今天我想，大哥后来能够读书很好，我们家的孩子到了社会上，做事都比较专心，大概同鸽子事件有一定关系吧。

大约是几年前，母亲忽然问我，能不能替她写点资料，是有关抗战的。我知道又是关于她当年为抗战演戏募捐的事，随口答应了。于是，她极为认真地讲起往事，其实我已经听过多遍了，但还是摆出很有兴趣的样子听。她说，那时她在上海的艺术学校，上台演过戏，学生中最出名的是陈师师，其次就算她了，可惜她毕业后改行学医，要不可能是一个好演员哩。那时，她们就在上海大世界前演戏，演的是有关抗日的，演完了她们就向有钱人募捐。她跳上一辆黄包车，如果坐车的很快给钱，她就跳下来了。有时碰上不肯给钱的,她就不停地唱,有钱出钱,有力出力,用血肉之躯保卫大上海!唱得坐车的连连摇头,没办法不掏钱。第二天的报纸登了两张大照片,一张是陈师师的,另一张就是我母亲的。她说着说着动情了,好似又回到了少女时代,还用好听的苏州话唱了起来,有钱出钱,有力出力,保卫我们的大上海……随后带点羞涩地问我,能不能把这些写出来,送给有关单位,不是都在征集资料吗?

我知道,她自认为这是她一生中的亮点。我不想拂了她的心意,就写成短文,寄给了某个资料馆,却没有得到回音。然而母亲也没有再问我,似乎她表达过自己的心愿,也就可以了。

儿子是什么

我有一个儿子。我差点儿没有儿子。

那时我不想要儿子,我不想要儿子的想法可能是古怪的,也可能并不古怪。我想,地球上的污染是越来越严重了,一片一片森林被夷为平地,这是我亲眼看见的,长江很可能变为第二条黄河,南极上空的臭氧层空洞越来越大……有多少理由一定要我的儿子诞生在这个地球上呢?

女人还是比男人宽厚伟大得多。我的妻起先不理会,后来执意要儿子,决心大,而且那么有办法。于是,一个生命已经在厚实温暖的母床中存在了。她并没有怎么驳我的理论,但你看她那一双乌黑湿润的眼睛,娓娓地在说话,既然我们的父母可以把我们生在并不十分理想的世界上,那我们还找什么借口来逃避义务和责任呢?还说什么呢,男人其实在许多地方是外强中干的。

是一个没有风的夜,夏毫不迟疑地接替了春。产科病房里,临产的女人一个个躺着,妻子说她痛,痛得厉害了,可是医生说还没到时间。我陪着她走,从病房走到院子,从院子走回病房,妻子的脸苍白，淌下冷汗，我说吃止痛药，打止痛针，她摇摇头说，这要影响孩子的。我知道这场挣扎中她是孤立无援的。星星在空中闪烁，月光静而且神秘，不远处一棵大树的影子垂直地挂下。医生还是说没到时间，并要我离开病房。我想如果我在，妻子会觉得有些依靠的，可是护士是那么坚决，一种男人的面子感就在心里作祟了。妻子也说，你走吧，我没事。我想了想，走了。

第二天我去了，进病房，一个个孕妇都看着我，妻子也睁着亮亮的眼睛看我，我就觉得异常，走上去问："还痛吗？"这一问，屋里的人都笑了，妻说："痛得更加厉害了。"大家笑得更欢了，妻只是看着我，我猜出有变化了，有些尴尬，妻说，生下来了。我说，真的？她说，真的，一个男孩。我来不及辨别心里的滋味，冲口而出："可医生说还早，一定要我走。"屋里人又齐笑了。

儿子是什么，是一个飞来之物，一个不期而至的果实。

接下来的事是多么艰难。我们住在学生宿舍的顶楼，那是个斜角，薄薄一层顶，已是暑天，昏人的热气逼进来，似蟒蛇占据了这地方，它缓缓蠕动着发木的身躯，绕过去，又盘回来，恋恋的，终不肯离开。我已经不是怕淌汗，而是怕淌不出汗了。为了避暑，我们一会儿把儿子的摇篮搬到南边，一会儿搬到北边，上午搬到楼上，下午搬到楼下，夜里怕蚊子咬，擎着蒲扇替他赶。看着像猫仔一般的儿子，我们真担心他长不大呢。可学校里有人说，婴儿不能住这儿，要是半夜啼哭起来，要影响学生休息。我们真的怕，一旦儿子哭起来，就拼命摇他，不敢捂他的小嘴，心里却说，轻点，轻点。后来好些个学生都说，"我从没听见小孩哭。""是吗，楼上有一个小孩吗？"我不知道是真的没听见，还是学生有心掩护，我心里很感激。

儿子是一种对人父人母的磨练。这时长大的不仅是儿子，更是父母，他们确确实实成人了。没有孩子的成年人始终是孩子。

一年我在海边，妻子来信说："儿子在轰轰烈烈长大，我们在分分秒秒变老。"在一起的朋友看了都说这两句话好，生出许多感慨。

你看那边跑来的就是我的儿子，摇摇晃晃的步子，谁见谁都说他大大的脑袋，两个大的略显招风的耳朵。这就是当时蜷缩在摇篮里的猫仔吗，偶然生出幻觉，其实是种骄傲，是对往昔艰辛的一种艺术化的品尝。

现在的人养孩子总怕他不吃，有多少喂不下去的苦，可我的儿子相反，仿佛是天吃星投了胎，同他脸一般大的苹果能一连吃几个，什么东西买来都不停地吃，不吃精光不罢休。这大概是好事，令人气恼的是，做什么他都同你反着来，你说画画了，他偏不画，你说不画了，他却给你乱画一气。你说走，他就是赖着不动，你说不走，他摇摇晃晃逃得没有影。恼得不知该不该对他抱希望。我在一篇小说中写过一个人物。

"常汝北不甘心，换了话题，说：长大了，挣的钱给不给爸爸用？

儿子偷看他一眼，羞涩地说：一个钱也不给。声音很轻，刚好他能听见……"

虽是戏言，但这一幕颇带悲剧性。父母为子女满腔热情，子女为父母总要打折扣。可是做父母知道了结局，还很情愿，因为他们也是从人子人女走过来的，他们亏待了上一代，下一代就要亏待他们，似乎很公平。这是人类的一个缺点。

儿子上小学了。我知道他不笨，知道他会上课抢着发言，知道他调皮捣蛋，做功课不认真，写字乱划拉，因为我小时候也是这样。果然老师就是这样评价他。他们的老师是一位有敬业精神的小老师，她把我儿子留下来重做作业，不知不觉已过了吃晚饭的时间，便买了一袋方便面。我说，不用管得太严，孩子可以自由发展。她立时竖起眼睛，满脸的诧异和不同意。我羞愧得难以自言,儿子是你的,老师替你教育,怎么先自己在釜底抽薪?以后我再不敢说此种昏话,至少不当着老师的面。现在儿子好多了,会上街替你买糖盐,写作业也认真多了,来情绪时问他:"长大了挣钱给不给爸爸用?"他肯定地点头,我便非常舒服,好像已经用上了一样。

儿子是一种需要,尤其是精神。你不一定知道自己什么时候需要,所以他也是出其不意地给你。

与牛同车

眼看到国庆节了,我走出打谷场,通讯员叫住了我,说有我的电报。我狐疑地拆开电报纸,眼泪夺眶而出,上面写着:弟病重速归。

太阳一下子变得惨白。可以说我是很少哭的,尤其到了粗犷的北大荒,更是觉得眼泪同男人无关。第一次上船离开上海的时候,许多人哭得呼天抢地,我提着行李站在船尾,对同伴说:"这海鸟怎么老是追着船不舍?"可是现在我哭了,我觉得弟弟可怜,他生重病的时候,我在七千多里之外。

通讯员看我这模样,说快请假走吧。我找到连长,连长把一沓刚下达的文件扔在我面前。那时正是"苏修亡我之心不死"的时候,各种宣传竞相比赛,每到节日都要严加戒备,做战争准备,不许请假离队,国庆是个大节,更不许有丝毫含糊。文件就是讲这个的。我们的连长是个大个子,满脸络腮胡,从朝鲜战场下来的,领我们干活的时候,有时冲在前面,有时留在后边检查,没准对着谁的后背来一拳,骂道:"苗都给你铲掉了,还喝豆浆?"好像他一点儿不怕过长冬，还喜欢过冬天，因为他有一顶上好的貂皮帽，乌黑的，貂毛根根挺出，足有四寸多长，沾了水一抖就掉，手摸还是干的。

连长抽掉两根自卷蛤蟆烟，对我说："你走吧，路条我开给你，上面的事我来负责。"我一阵激动，这大胡子是多么好的人啊，那次我在菜园里背后骂他太不应该了，以后打死我也不骂了。很快我又想起弟弟，忧愁重新袭上心头。

第二天早上，我就出发了，四个要好的朋友送我上路。太阳从东山的峰峦后露脸了，是个晴朗的好天气。我们都是一些有福同享、有难同当的好朋友，我有灾，他们能放心我一个人到场部去吗？那个时候，喜欢结交义气朋友，一个人的饭菜票，其他人可以随便拿了上食堂买吃，不用担心受责备。要是谁欺侮了我们中间的一个，其他人提着脑袋也要上。北大荒有多高的天，有多宽广雄莽的原野，好像在这里就该这么活。

已经是大秋了，往年九月底就下初场雪了，今年一点雪的踪影都没有。大田里立着玉米、大豆，一片金黄，时不时蹿起几只五彩的野鸡，箭一般向空中刺去。水库平静地躺在下面，被太阳温暖地照着，像一块硕大无朋的蓝色玻璃。我今天一点观赏的心情都没有，要在往常，我们会好好地玩一玩。

十二里的路很快走完。到了场部，先去汽车队，车队里静悄悄，找人问，被告知全部不出车，在家休息，或待命，应对战备。跟我来的朋友就骂娘了，凸着两只眼睛，比我都暴，我很有些感动。车队的人挨了骂，当然不甘心，但看我们几个小伙子像吃了虎胆一样，不多申辩，悄悄溜走了。

没有办法，只好到岗上去拦黑河交通公司的车。那种车是没有准的，谁也不知道它什么时候过来，什么时候过去，也有可能某天根本不开。因为沿途要经过几个农场，时常发生打架事件，知青堵住车往上挤，司机却说上不了，往下推，还开着车躲。知青就用牛车横在路上拦。这种车的玻璃没有几块好的，都碎了。

岗上光秃秃的，风大了许多，横空的电线哐哐响着。我们往路的尽头望，那个地方黄茫茫的，太阳被云遮住了，暗下来。一个朋友说，等下去，车会来的。另一个朋友说，当然等，不等有什么办法。我默不作声地望着那个方向，心想，但愿今天司机不罢工，这些天有没有打架呢？可是问谁去呢，一点消息都得不到，光秃秃的岗上只有我们五个人。

站久了，觉得冷，我们裹紧衣服，缩着头。我见路旁有一朵野花，还鲜亮着，别的花这时候早枯了，再细看，它也有一点萎了。我想，我的弟弟是一个善良、羸弱的人，他去江西插队也有三四年了，我们只见过一次面。这样想着，眼泪又簌簌落下来了。就有一个身子挨近我，替我挡住了风，又喷过一股带烟的热气，那朋友说："我说你今天能走成，对吗？"我点点头。他又说："我说你弟弟不会有大问题的，对吗？"我激动地说："对的。"

忽然朋友喊，来了。果然远处卷起一团尘土。我们这里五个人连忙列成一个横排，发誓不让车过。到跟前，果然拦下了，是一辆卡车。卡车也行，问他是不是到嫩江县。司机说，不去，是到沙场装沙子的。我们不肯信，他就拿铁锹给我们看，后车厢里有装车的农工。我们相互看看，撒开，让它过。

到下午了，我们到场部买了点饼干吃，又到岗上来。我们又冷又渴，拼命地跺脚，大声地喊叫、吼歌，声音一下子被风扯碎。我们脸上灰蒙蒙的，只有牙齿和眼仁是白的。没有一个朋友表示要离开。我们拦住了第一辆车，恶狠狠地盘问，像打劫的强盗，可就是没有一辆去嫩江县，那可恨可怕的戒备啊。

我们终于拦下一辆卡车，那时候太阳已经西斜了。司机是个矮个子，说："不错，我是去嫩江。要搭车？可以，只要你受得了。"驾驶室里坐满了，只有坐在露天车厢里，朋友们看看我，我说行，不就是一百四十里路嘛,还没到冻成冰棍的时节。

矮司机说:"你听着,咱把话说清楚了,这车子是来装牛的,马上就要装上牛,与牛在一起,你听清楚了。"我愣住了,没想到是这么一个事。一个朋友说,这坐不得。我不出声,绕到车厢后边,那里已经蹲着一个人,背着我,缩在竖起的衣领里。听到动静,那人转过脸来,我看清是个女人,说不出具体岁数,但我感觉她已经老了。脸上浮起粗糙的皱纹,一双眼非常温和,好像一头挤了许多牛奶即将被淘汰的母牛。

她冲我笑一笑,说:"上来吧,能坐的,我知道,不用怕。"我心里一颤,一种说不清的感情涌上来。我走回去,大声说:"就坐这车,没问题。"矮司机摇摇头,钻进驾驶室。

朋友们上来捏住我的手,眼直直地看着我,像是担心,又像留恋。我知道什么都有了,眼睛又热了,我忙转过头,朝车上爬。

车开了,在屁股后扬起滚滚的尘土中,我看见我的朋友拉开了散线,跟着车跑,跑了好长一段路。

到了一个地方,开始装牛,好家伙,真是活生生的牛,眸哞叫着,身大体壮,扬着两个弯角,不肯往车上走。人们就前边奔、后边赶,费了好大劲才把牛弄上车。

矮司机喊:"不让牛靠近驾驶室,拦出一个地方,让人站。"总共上了六头,于是就用麻绳拦住牛,拦出一个二尺多宽的空间,我和老女人就栖身在这空间里。矮司机喊:"坐好了,车开了。"车就摇摇晃晃动起来,过一段坑坑洼洼的草苫子,就上公路了。

牛还算老实。它们可能还弄不清这段长途旅行于它们的意义,连我们也不知道要把它们运往哪里,是凶是吉。它们睁着一双双迷茫的眼睛,一声重一声轻地叫,我甚至觉得一头花色的小牛崽始终在发抖。它们一次又一次把滴着黏液的鼻嘴伸过麻绳,伸进我们的空间,仿佛是对命运的再三再四的询问。而我也无奈地摇摇头,擎住它们的两个角,一次又一次地把牛脑袋轻轻地送回去。

车上风大,我们躲在驾驶室后面。车颠得厉害,不敢坐,只是半蹲着,手抓住厢板。女人问我是哪里人,上哪去。我一一回答她。她认真地点头,嘴一咧,惊喜地说,她也是南方人,还在上海住过三年。她告诉我,她到北大荒已经有十多年了,换来换去,在很多地方住过。我发现她讲话文绉绉的,不紧不慢,用的词也和当地老百姓不一样,很有文化气息。这时她的眼里就透出智慧的光亮,好像把她皮皱皱的脸也映亮了。我想她可能有来历。离开北大荒后,我许多次地忆起这次奇特的旅行,忆起这位老女人,我觉得她可能是某个劳改要犯的家属,也可能是受到错误对待的"右派分子"之类的人,总之,她那时还在倒霉。

车猛地刹住了,牛撞上来,和我们挤作一团,我哇哇乱叫。只听见矮司机从驾驶室出来,骂道:"不要命了,有你这样拦车的,突然扑上来。"底下还有叽叽呱呱的话。一会儿静了,就有一个人从旁边厢板爬上来。矮司机又着手,在旁边看。我发现那人爬得很慢,很笨重,费劲地跨过腿,"扑通"掉进车厢里。

老女人上前去扶,说:"当心啊。可不能这样拦车,太危险。司机没一点准备,出过不少事。"我看是个女的,可能也是知青,要比我大,但大不了多少,怎么就这么不利索。

矮司机关照过大家,车又开了。太阳已接近西边广阔的地平线了,突然变了颜色,满天的光辉都是猩红的,好像哪个地方有个止不住的伤口,山野河流田地,都让这血色染红了,变得迷蒙而悠远,像是神话里的景致。虽然我的心情依旧沉重,但也觉得神往,我想这次与牛同车,有些浪漫气息。

太阳坠下去了,天整个黑了。事实证明,我的估计太成问题,此刻我才了解我们的处境。牛骚动起来,按照一般的情况,它们此刻应在棚里憩息。日出而作,日落而归,牛们完全顺应先民们的古老生活方式。可是现在，当漆黑的夜幕降下来后，卡车却载着它们在崎岖的公路上疯狂地颠簸。矮司机无疑是一位好心人，为了缩短我们旅行的时间，他把车子开得飞快，而这段路很不好，大半是泥石路面，到处有泥浆干裂后的痕棱和石块，因此，我们的车几乎成了波浪中的船。牛开始混乱了，它们喷吐着鼻息，往前撞，往后挤，它们烦躁地挤推，黑暗中听见牛角相碰的声音。它们被绳子限制着，显然想挣开麻绳，可是一挣扎，绳子就搅乱了，勒得它们更紧更难受。起先老女人和我还想把绳子理清，叫它们安静下来，后来这变得完全不可能。六头牛搅作一团，每一头都在疯狂地、盲目地、按自己的方向使劲，绳子勒住它们的腰、颈，勒住一切可能勒的地方，勒得它们眼珠凸出，根本看不出该从哪里下手。它们早冲进了我们人的空间，踩我们的脚，拱我们的腰，弄得我们痛苦不堪，那个女知青几乎没有停过叫唤。它们掀起一个灾难的漩涡，把我们深深地卷进去，我们犹如掉进了地狱，多么希望手脚攀比着爬上来，车依旧在疯狂地奔驶，车厢内外是铁一般的黑夜。

多么愚蠢可怕的牛啊，是它们在制造灾难，可是它们又被自己的行为弄得更加可怕绝望。我也感到绝望了，心里生出一个冰一般的硬东西，慢慢扩大。我想今晚我们可能活不成了，我那可怜、善良的弟弟啊，你现在怎样了啊，还能让我给你递一杯热水吗？自从家被抄封以后，我们一直天各一方啊。我的太阳穴被牛角撞上了，撞得我眼冒金星。老女人惊慌地对我说，以前与牛同车是白天，从来没在夜里。

可是，转眼间老女人变得镇静勇敢，她大声喊："不要慌不要慌，一切会过去的。"她把我们领到一个角落上，重新筑起我们的空间，她站在最前面，用羸弱的身子抵御着牛的撞击，一次次把牛头拨回去。我也顶上去，和她一起筑起墙。那个女知青躲在我们身后，似乎躲得越远越好，离开了危险，她叫得少了。

我很有些不平,说:"她倒舒服。"这时老女人抓住我的手,重重捏一下,说:"你不知道,我看出来了,她有身孕。"陡然,我浑身热了,我们是在保护一个未来的母亲,一个期待降世的小生命。我臂上平添了许多劲,我想我能坚持下去。趁空回头看一眼,我觉得她臃肿的身子一点不难看,反而很美。她也看了看我,眼神里有感激的意味。

离嫩江近了,不时要会车,这可闯祸了,迎面的车开着大灯,一路按响喇叭,牛惊慌无比,越发疯狂,几乎记不清怎么熬过来的。每交会一辆车,就像下一趟地狱,那射过来的雪亮的车灯就像是地狱里的火光。我几次想跳下车,就这么走,走到嫩江去。可是已经与牛搅到一起去,出都出不来。

矮司机知道我们的艰难,每要会车,远远地先停下,让对面的车开过去,他才缓缓地开。终于到嫩江了,火车的蒸汽从站台那边冒出来。我们爬下车,一屁股坐在地上,好久不动。我又站起来,走到车厢板前,看着那些吐着白沫的精疲力竭的牛。看了很久,我最终也不知道送它们出来干什么,是凶是吉,而且不想向人打听。我在心底轻轻说一声:再见,牛们!

矮司机挥挥手,开起车走了。车在拐角处划个大弯,消失了。

一辆汽车来了,老女人要走了,她转过脸,很有感情地看看我,想说几句话,可就这时,售票员很不耐烦地敲打车板,汽车已经滑动了。老女人慌张地回过身,提着包往上跨,刚跨上去,车门就关上了,还夹住她的一个衣服角。我心里有说不出的滋味。

接着孕妇也走了。当夜,我搭上了一辆南下的列车。

到了家里,见到了弟弟,他却好好的,一点没病。妹妹站出来说,打电报是她出的主意。因为我在信中说,要报名到引嫩工程去,他们听人说那个工程是很苦的,就想法把我召回来。要是说父母有病,我会更着急,所以就借口说弟弟有病。

我哭笑不得。妹妹不知道，引嫩工程就是把水引到大庆油田，回灌地下，这算工矿呢。知青们巴望工程结束了，能招工到大庆去，怎么也比农场好呀。

但我也没多埋怨，要是没有这份电报，我就碰不上这次奇特的旅行，就无法和那些可怜憨厚的牛们同车，也认识不了那个疲弱、勇敢的老女人和孕妇。所以说，除了当初的担惊受怕以外，别的都还不错。

雪地上的故事

有人说,人类的文明先起源于比较冷的地方,那就和雪有关了。现在我住在南方,看见雪就很稀罕,那时在黑龙江当知青,一年中有大半年要和雪打交道。雪,是水的变化,是水的美化,你看着洁白的、凛然的雪,还容易想到它就是柔和的形态无定的水吗?

那时我去的是劳改系统的农场。在知青到来之前,农工大多是劳改释放的就业人员,不少已有公民权了,但还被称作二劳改。我去不多久,被分配在大车班,意思是要夺二劳改手中的大鞭,也称夺权。我的夺权对象是孙老头。我现在回想他的年龄,是怎么都没法想清楚的。他灰蒙蒙的一张脸,满是皱纹,跟核桃壳一样,像是要近六十岁了,也可能刚四十多岁。我那时对年龄居然这样模糊,不敏感。他入狱的罪名是投机倒把,以后我无数次地想过,如果放在今天,很可能他的罪名不成立。

说是夺权,其实是很滑稽的一件事。到了冬天就要进山伐木,那是非常苦的。零下三四十摄氏度,在室外一整天,晚上回到家里,眼睛里半天都是模模糊糊的。特别到了寒冬腊月,天将亮的一刻，似乎空气都凝固了，变成一种玻璃纤维一般的东西，在空中闪烁，这时人整个冻麻了，可怕极了。而知青大部分都来自南方，所以跟了一段时间的车，都不肯再上山了。每天天还黑黑的，老孙头就坐我炕头来了，嘴里冒出热烘烘的气："上山吧，上山吧，时间不早了。"你不反应，他会一直说很长时间。有时我只好骂咧咧地起来，打着抖同他一起钻到漆黑的雪天里去。有时我就发火，说："叫个球，要去你自个儿去。"他就起身，很满足地把大鞭抱进怀里，走了，临走前还不忘记把我的脑袋摸一下。说起来好笑，那时我正替连队写一个小剧，题目叫《雪原扬鞭》，说的是知青如何战天斗地，夺下二劳改手中的权的象征——大鞭杆。

我看出来，老孙头是很想亲近我的，什么重活脏活都由他干。他说，只要我在边上歇着，说得上话，他就有劲了。他还老想塞东西给我吃。这时他的神色很紧张，两只小眼盯住我，背都打弯。要是我不吃，他那一天就非常地沉闷。要是我吃了，他就咧开嘴，让我看到他嘴里的残缺的牙。这些都要避开队长的，不然会说我立场动摇。有时他赶车，有时我赶，在晃悠悠的牛步中，他会哼一种民谣，拖音长，怪腔怪调。在这声音中，我便想我遥远的故乡，想这里的草原森林，有时蒙蒙入睡。

突然有一天，全部的二劳改都消失了。因为林彪的一个通令，他们全部迁走了，不知去往何方。我心中略有思念，淡淡的，并不重。

几年过去了，一个初冬，黄昏，大地一片雪白，残阳如血一般泼在雪上。我静静地走着，心里想着本文开头提到的雪和水的关系。这时，一辆拖斗车从面前拐过，我并没留意，只记得似乎是装水泥的，刚刚装好，要开走。拖斗的水泥包上坐着几个人，刚好从我面前经过。突然一个人跳起来，大声地喊："小沈！"我抬起头，是老孙。顿时我整个人颤动了，他喊得那么惊天动地，不顾一切，他的脸上满是灰、满是水泥,他张开的嘴里牙齿更少了些,可这一刻他的脸上布满了喜悦。我张开嘴,却什么也没说出来。我想,天晚了,他还没有休息,没有吃饭。这辆车要开往哪里,他现在迁往什么地方了?周围是白的雪,红的残阳,配成一种奇异的色彩。雪是水的变化,水的美化。车越开越远了,老孙还在车上欢喜地喊,小沈,小沈!我呆呆站着,脸上没有反应,心中却起伏着无法停止的流动。我想我的一点关于人性的启迪,就是从这里开始。这个场景我再也没有忘记。周围是洁白的、宁静的雪。

永远年轻的形容

事后我才发现，在那年知青聚会上，大家谈得最多，也是最为感慨的是惨死在黑龙江的高梅依。我们到十一分场的第一批上海知青是101人，男的40人，女的61人，第二批是95人。十年戍边，二百来人都无恙，独独折了一个高梅依，叫我们怎么不想她？五年之后，知青再次聚会，谈得最多的还是她。我心里酸酸苦苦，不是滋味。

有一个女生，当年在黑龙江时是女秀才，现在是上海一家电子公司的白领，利用业余时间，起早贪黑，写了一篇小说《梅依之死》，寄给我。小说饱含了悲怆，她用动情的笔调把高梅依描写得美丽、温柔。然而，我似乎记得她不算美丽，似是一个绵软的人，温柔是一定的了。但就是这温柔如绵羊的高梅依，有人向她举起了屠刀。大概在下乡的第五年，她被推荐上了一所医科学校，毕业后分在北安县的一所医院。因为她已经远离了我们大家，所以，有关她的消息都是传闻。医院院长老是找她，谁也不知道原因。院长的老婆就拿了屠刀等她，在零下几十摄氏度的雪地里把她活活劈死。每每想起，我就觉得周身被一股寒气包围，渗进骨髓。我忽然明白了女秀才的用心，高梅依是死在雪的大背景上，严寒冻结了她生命最后一刻的光亮，那一定是美的，是另一种美丽。

在聚会上，有关她的话题总是谈不完。医院院长为什么老是找她呢？不，不会的。一个和高梅依关系最密切的女生激动地说，她绝不会做那样的事。然而她是一个软弱的人，院长是她的顶头上司，她怎么敢得罪他，他找她怎么敢不去？有人愤愤地说，当时是谁做的结论，院长老婆不可能是精神病。从一系列行动分析，她是有预谋的，有自制能力，应该枪毙她。还有，院长负有什么责任，案发后他一口咬定他的老婆早就有精神病，简直就是同谋。

我不说话了，脑子里忽然出现了高梅依的形象。真的，她真的非常美丽，这是因为她年轻。看看我们在场的，都是拖儿带女的中年人，不少人的脸上挂着岁月的风霜。而活在我们记忆中的高梅依不是这样，她永远保留了屠刀劈下前的形象，是这般年轻、鲜亮、温柔！我们下一次聚会，她还是这样，再下一次，她仍然不会变……这就是夭折的"好处"。我还想到了其他的例子，比方托尔斯泰，什么时候想到他，都是一部苍老的胡子，而普希金，活在世人心目中的，永远是一个英俊倜傥的青年。

我以为，她是一面旗帜，插在过去的生活中。我们已经进入2002年了，而她却留在20世纪70年代的最初几年，我们远远地望过去，首先就会看见这面旗帜。她又是一把刀子，只要我们回忆，就会割痛我们的心。同时，她又是一把火焰，把残忍、嫉恨、阴险，把各种各样丑陋的灵魂都照亮，让它们无法躲藏。

我忽然想到，我这么想是不是有些阿Q精神胜利法？其实不是。阿Q是可以为之而不为，而人死了却是无法复生的，重要的是活下来的人。我们大家都在想，高梅依就这么死了，死得太可惜了！我们要珍惜我们的生命。下岗的人要挺下去，没下岗的人要把工作做好，不管下岗不下岗都要把日子过好。我们都会不断地老去，老去，让一个始终年轻的形象永远陪伴我们，这是大家十分情愿的啊！

春意里的歌声

　　见到现在的青年，那么年轻就有很丰富的两性间的接触，真是幸运。想到我年轻的时候，跟他们相差太远。去年春节，我们七星泡十一分场的知青相聚，悠悠往事慢慢升上心头。

　　那个时候真是奇怪。农场是一个小山坡，女青年住在山坡的上面，男青年住在山坡的下面。男青年上食堂要上坡，可是我们总要绕过女青年宿舍，和她们的门至少相距二十米，才进食堂。女青年洗衣服要下坡，可是她们也不从我们的门前过，也要绕一个小圈，才走到水泡子跟前去。最不可理解的是，大家迎面碰上了，居然也像不认识一样，头一扭走过去了。一年后，我们开始探亲，在火车上男女碰上了，情况就不一样了。男青年显得非常的绅士，个个都扮成大力士，抢着替女青年提包。那些包很沉，从黑龙江出发装的是大豆，从上海回来带的是大米。有的男青年肩上前后搭两只大旅行袋，手里又各提两只，走得跌跌撞撞，女青年晃着两手，悠悠闲闲就可以进站了。可是回到农场，男女又不认识了，碰上了，仍旧不点头，过去了。这里的道理我现在也难说清。如果不认识，火车上也该不认识,为什么火车上认识,到了农场就不认识?这种心理是奇特而有趣的。

有一个女青年,皮肤黝黑,可是眼睛很美,像是里面有钩子,能钩人。人家叫她黑牡丹,真正的变化似乎是从她开始。她好像对这情况不满,蓄意要破坏。她和男青年碰上了,眼睛里透出媚光,男的就尴尬,慌忙逃走,怕她再把钩子使出来。逃到宿舍里还不平静,和伙伴讲起,口气里有意带蔑视。

是在一个春天,一个真正的阳光绚烂的春天。冰化了,到处都是融化的水,山坡上有万千条小河在流淌。我们宿舍的窗洞开了,窗上封了整整一个冬天的纸条被撕掉了,阳光一直照到我们的炕上。这是一个星期天,我们干什么的都有,忽然飘来一阵歌声,是女性的清亮悦耳的歌声。我们一个个都停下手里的事。那是一支什么歌我再也想不起来了,但那是一支和春天气息吻合的歌。我们爬上窗,从洞开的窗子里伸出头,是黑牡丹。她端着满满的一盆衣服,下到水泡子去洗。她不绕圈子,而且径直从我们洞开的窗下走,几乎擦到了窗扇。

她扬着头唱。春天的阳光是那般的炫目,千百条融化的小溪潺潺地流,牛在圈里一声一声地长叫,可以看见地平线,那里水汽像从蒸笼里出来一样往上空升,那首歌就在这里飘荡。我看见了从她眼里透出的媚光,现在我还像刚看见一样。男青年都不作声,看着她一点一点变小,下到水泡子边上去。

我仿佛觉得就是从这以后,男女青年间发生了变化。他们在什么地方碰上,笑笑,开始讲话。割麦子铲地,男的接女的垄,也有女的帮男的洗衣服。我的感觉中,这一切变化就是从她唱首歌开始的。不多久,黑牡丹走了,她的父母从上海支援江西,她也跟着走了,从黑龙江调到江西去了。

现在她在哪里?我怎么也忘记不了那一首歌。

绿色陷阱

这是遥远的事,遥远到我几乎不相信主人公就是我自己。

是在神奇的黑龙江,忘了哪一年,我们十一分场抽调一批知青到东山去开垦新点。去了四十多人,女的多,男的少,我是排长,领队的是一个老干部。东山有一个医院,医院中有上海知青,大都来自七分场。山后有一块坟地,那个地方的人死了不火化,都拉到东山来,葬在那块坟地里。

一天下午,我到医院的活动室去打乒乓球,当时有医院的几个男女青年在打球。其中一个男的,就是今天我还能清楚地记起他,脸是瓦刀形的,颇长,悬着一个波斯人的大鼻子。他们用上海话叫他绰号:瘪夹里。不知那天为什么,瘪夹里就是不让我打球,还傲慢地抬起下巴,说:"你滚一边去!"

我离开了,回到宿舍里,怎么都平静不下来。我的自尊心受到了极大的伤害。现在回想,这家伙是要在女孩子面前表现自己。这一刻,他的荷尔蒙肯定大量分泌。但我当时就是平静不下来,不停地发抖。我一发抖就知道自己要干什么了。

我找来一个好朋友，把情况和想法都对他说了。我只要他跟在边上，无须他动手。我们找到医院食堂里，瘪夹里是火头军，那时，他正在往炉子里添柴，看见我了，没有反应，他可能已经忘掉了，或者不知道我是个不依不饶的人。

我也很狡猾，眼睛不看他，看别的地方，等走到他面前，才突然发动袭击。那时我天天打沙袋，打破了几副手套。我几下就把他击倒了。他没有料到我这么猛，这么厉害，没有招架。血从他的脸上流出来，我感到一种复仇的快意。

那天我一直很兴奋，听说瘪夹里捂着脸，连夜跑回七分场，讨救兵去了。我冷冷一笑，不害怕。

瘪夹里的报复拖延了很长时间，他们很有耐心。一个月后，我带着一些人在扎栅栏，突然冲出来一群人，个个握着碗口粗的桦木棍子，恶狠狠地向我扑来。尽管在场的老干部和知青都极力拉架、掩护，我的背上还是狠狠挨了几下。（今天我的后背还经常痛，是不是源于此？）

这是瘪夹里从七分场搬来的救兵。他们很快撤了，瘪夹里也跟着跑了。我的铁哥儿们闻讯从十一分场赶来，气汹汹地要回击。他们白跑了一趟。瘪夹里不敢回医院上班了。

时间过得很快，慢慢地我也淡忘了。一个夏天，我忽然听到远处在喊："救人，救人啊……"忙和几个青年跑过去。那是一个水泡子，底下有纵横交错的水草，下水的人一旦被缠住就十分可怕。阳光下，水泡子发出幽幽的绿光，犹如一个死亡陷阱。喊救命的是两个女的，一个男的，他们是来游泳的，他们的一个同伙被水草缠住，淹到水下去了。被缠的人就是瘪夹里！

我记不清我想了什么，只感到身上一阵热，又一阵发冷。我盯着绿幽幽的湖水，试图看清他缠在哪里，但没有结果。又有人赶来了，还是女的多（我印象中那个地方总是女的多）。有人下水打捞了。我忽然对身边一个知青说:"我们一起下水。""你下水?"他有点惊诧,他知道瘪夹里同我有怨仇。

我点点头。他说他不能下水。我问为什么。他把我拉到一边,悄悄地说,他里边的短裤屁股上有一个洞。说着,不安地看边上的女青年。

我下水了,我觉得众人的眼光都落在我一个人身上。我想,下水,是要向自己证明什么,或者是向别人证明什么。现在我这个年龄才知道,这种证明其实不必要。水很冷,水草像章鱼的触角一样缠住我的手脚,要不时地把它们扯开。为了提防抢救的人再出危险,就放下一根粗麻绳,七八个下水的人一只手拽住绳子,用另外一手和脚打捞。我在水下整整一个小时,没有结果。后来用卡车运来了船,才把他捞上来。

哦,我的仇人瘪夹里上来了。他僵硬的身子平卧在泥地上,失神的眼睛对着天上刺目的太阳,有一只大头蚂蚁爬上他的脸。我平静地站在他的跟前,用手扯掉我身上的水草。

他的父亲从上海赶来了。不远就是坟地,入葬很近。那里有一个新坟头,是一个哈尔滨的女知青,被卡车撞死的。人们说,两个都没结婚,就让他们在一起过日子吧。他的父亲同意了。这样,两个坟头挨得很近,小鸟从这个坟头轻轻一纵身,就能跳上另一个坟头。

入葬那天,我没有去。他那批七分场的打我的朋友都来了。临了,他们没有走,却来看我。他们大概知道我下水打捞。十来个人,走到我面前,走得很近,不说话,眼光很哀,也很柔和。我也没有说话。后来,他们一齐掉头走了。

直到今天,我还时常想起两个紧挨着的坟头。我想,我们都回来了,他却没有回来。他有一个波斯人的大鼻子,有一个绰号叫瘪夹里。有时我在梦中还见到,突然醒来,枕头是湿的,我知道不是水,但心中没有悲哀。

恋人的时空

我知道,把她称为恋人是有些勉强,但我还是这么称呼她。

1999年春节期间,为了纪念去黑龙江三十周年,我们分场的知青举行聚会。大家回城后各奔东西,很少见面,难得有这么个机会,兴奋得不行,不停地说啊说啊,什么陈芝麻烂谷子都翻出来了。整个大厅里闹哄哄的,就像一个巨大的蜂房。

我一直注意着门口,我想她应该来的,她难道没想到我会从南京回上海,也在聚会上出现?我有多少年没有见她了啊。可是她始终没有出现。有人对我说,她学校有事,可能不来了。我叹了一口气,若有所失。

下乡第二年,我就在一大群的异性中发现了她。她有一双会说话的眼睛,身材苗条,很吸引人。有一次,男女生在一起编荆条筐,最后统计,百十号人,她编得最多,质量也好。红脸膛的连长当场表扬了她。又有一次,在全连的大会上,她上台去发言,刚开口,脸微微有些红,后来就自然了。她的声音非常好听,像春天解冻时河水的流动。其他人发言都是铿锵有力,充满火药味,唯独她像在朗诵一首少女的诗。她说什么内容我不知道，我只注意她动人的声音，它在我心田里不停地流动，我的眼睛就恍然出现了美妙的景色。其实，那天所有的发言都是政治批判，而她怎么就会让我觉得是在读抒情诗，这实在是神奇有趣。

就这样，我注意上她了。一天中也只有在吃午饭的时候，我才能见到她。我们都在一个饭厅吃饭，从中间门进去，男生在西边，女生在东边，八个人一桌，都站着吃。晚上是把饭打回去，男女分开吃。所以说，也就是中午。我远远窥视她，她就在东边的第一排的第三张桌子旁，为了不让别人察觉，我时常装模作样，但火辣辣的目光却像训练有素的鸟儿，飞过食堂的大半个空间，总是落在她的身上。我能知道她当天中午吃了一个半馒头，还是两个。一次，她的颈上贴了一块纱布，让我好几天不安。后来才知道，那是她干活的时候被"洋辣子"蜇了。有时候她忽然笑了，笑得那么开怀，她的头轻轻往后仰去，随后折回来，手捂住了嘴，吃吃地笑着。我就想，是什么事，引得她这般开心？到底是什么事，同我有没有关系？同我没有关系的事她能这么开心地笑？我心里就像有小虫子在咬。于是，我就在心里瞎编，编出一些事来，在这些虚拟的故事中，她开心都同我有关系。

我就是这么顽强地窥视她，从来没有和她说过一句话。今天看来，是多么荒唐，但事实就是这么可笑可悲。我相信，她一定察觉了我的目光。有时，她也远远看我一眼。啊，那是什么样的一种眼神，少男少女的一切全包含了。可是，她只看一眼，就收回去了。于是，整整一天中，就是中午吃饭这个时间，对我是灿烂的。我心里燃烧着阳光，我哪里是在吃饭，分明是裸露着胸膛，承受着丘比特无情的神箭。夜里我还梦想着这个时段。

大概是到了该表白的时候了，我忽然得了一个噩耗，她的父亲是上海滩一家大布店的老板。这个消息对我来说，几乎是致命的。

我的父亲也是资产阶级，从我懂事起，就始终为出身而苦恼，为了出身我吃够了苦头。她的父亲老板做得比我父亲还要大，我怎么能找一个出身更差的呢？我的决定是悲伤而决绝的。然而我还是远远窥视她，她也偶然看我一眼，那神色已经不一样了。

不久，为了庆祝"十一"，男女生在一起排舞，排的是一个新疆舞。看得出，她是为了气我，有意和别的男同学大声讲话。她舞跳得欢快优美，可是，当我想插上去讲几句赞美的话时，她的眼光就变得冷冷的，又有很深的期盼，仿佛在说，你说呀，还有什么，都说出来呀。我吞回了到喉咙口的话，退了回去。

以后，我们不那么吃饭了。再以后我离开了分场。听说她同一个东北知青谈对象了。一天，传来一个消息，她生病了，疑心是出血热，这是一种致命的地方病，她住在场部的医院里。我下了决心去看她。她躺在病床上，见我进来，想坐起来，可是坐不起来。我忙请她不要动。我第一次这么近看她，心里很紧张，她的颈项细了，脑袋也显得大了，眼光十分无力，我记不得自己说了什么。那个东北青年对我说，医生确诊过了，她不是出血热。我心里一松，说太好了，接下来却没有话了，我呆呆地站着，额头上冒出汗来，心里有许多话要说，可是，东北青年站在边上，他不走出屋子，我一句也说不出来。这么憋了好一会儿，她抬起手，嘴唇动了，我听出她说"谢谢你"。我的心一热，眼泪要涌出来了，忙转过头去。我退了出来，但没有马上离开，在医院外呆了好一会儿。

大厅里越来越热闹，耳边是一浪高过一浪的说话声，我还陷在回忆中难以自拔。一个朋友对我说了她以后的情况。她结婚后离开了农场，去了丈夫的家乡，后来考上一所师范学校，毕业后分到大庆油田，没几年当上中学校长，进而评上全国"三八红旗手"。正值上海需要人才，向全国招聘，她凭本事考回来了，现在是一所外国语学校的教导主任。我心里却在想，从午饭时段开始，几十年了，我同她说过的话，加起来不会超过二十句，可是，这二十来句话跨越了漫长的一个时空啊！

　　我内心忽然有一种冲动，要了她的电话号码，走到边上，拨通了。接电话的就是她。我说是你吗。她说我听出来了，是你呀。我觉得放松了，完全放松了，从说第一句话开始，变了一个人。我说你今天怎么不来。她说，想来的，可是有工作走不开，真的走不开。我说你好吗，你的情况我都知道了。她说，我一直在打听你，你读大学的时候，我去过你的学校，很想找你，可是还有其他人和我一起去的。

　　我们讲了很多，很多。边上的声音太吵了，我捂住了另一只耳朵，然而她的声音还是不清晰。这样也好，话筒里的声音就仿佛是从历史的隧道中传过来。我们讲的绝不止二十句，可能是它的三倍、五倍、十倍……就这一刻，我充满了说话的欲望。我觉得她也满是倾吐的欲望。我从话筒里能听到她在那一边的呼吸声。她说，以后我们一定要找一个单独的机会。我也说，一定要找机会，一定。我不清楚这个电话到底通了多久，某种意义上，它超过了以往的几十年。最后，我挂断了电话，向大厅里正在热热闹闹说话的人，向昔日的黑龙江的战友走过去。

他想和你好

近日忽然遇见一个年轻的女性,我吃了一惊,不是因为她长得美,而是她和我青年时认识的一个人太像了,活脱一个模子里刻出来的。

那年,我从上海来到北大荒。在我们分场的女知青中,亦荷无疑是最好看的。不论她在哪里出现,四周都有一片异性的紧张不安的骚动。

一天深夜,我和一个好朋友在炕上挨着头睡。他贴着我的耳朵说,他想和亦荷好。我心里一紧。他接着说,就不知道怎么向她表示,他不敢。我静默良久。如果他不把我当患难与共的铁哥们,就不会对我说这话。我看出他的意思,就自告奋勇,充当了传递爱情的信使。

第二天,吃了午饭,我就出发了。在山的南边,黑土地伸进水泡子的远端,亦荷和另一个上海知青,饲养着十几头奶牛。天阴沉沉的,我想,这是一个什么性质的使者啊,说不清。刚走一会,就下雪了,雪越下越大,仿佛是亿万片纯净、透明、冰凉的鹅毛在天地间飞舞。我觉得自己也像雪片一样飞了起来。我走到南头时，浑身都披挂着雪，眉毛都是白的。

奶牛棚里静悄悄的，偶尔，一声牛的长叫。我推开木门进去，不见人，我刚想喊，一个人不知从哪里闪出来，忽地就到我面前了，是亦荷。

她说，是你啊？眉眼间带着惊喜。她没有想到，此刻会有人冒着大雪登门造访。她搬出一条凳子，让我坐。她往炉里添进木块，烧水给我喝。我发现，虽说她身子丰腴，动作却十分轻盈。

水烧开了，她倒进杯子递给我。我一口一口喝着水，她坐在对面。我们随便说着话。我说，还有一个月要过年了，好些人都要回上海。她说，是啊，她也很想回上海过年，可是奶牛房不能没有人，今年让那个搭档先回去，明年春节她再回去。水还在炉子上发响。我想，该提到我的朋友了，可就是说不出口。

忽然牛叫起来了，一声紧接一声。她说，你看，光顾着说话，要给它们添食了。她走了过去，就听到栏子边发出各种各样的声音。我想了想，走过说：我帮你干点什么吧。她说：好啊，你就帮我切豆饼。

那是一把很大的铡刀，我搬过一块豆饼，很大的，像大锅的锅盖，她拿着，伸进铡刀里，我捏紧了刀柄，用力按下去。豆饼很硬，要用力气。她怕累着我，一定要换我，我不肯。可是她非要，我只得让她。果然她显得费劲。我说，算了，我有劲，不要争了。她看出我是真有劲的，乖乖让位了。

我冒汗了，她也冒汗了。这时，我发现汗气是有形状的，跟水汽一样，袅袅的，两人的汗气升起来，飘忽着，融合到一起，这个感觉挺好的。

豆饼切好了，草也添上了，奶牛们发出一片咀嚼声。我们重新坐到外面去，接着喝水。

我想再不说不行了，一定要说了。我就说：他让我来说的，他想和你好。

她一下愣住了，脸上的欣喜消失了，好像水里一条灵活的鱼，忽然就不游了。一会，她说，我有男朋友了，不在我们农场，在另一个农场。

我说，真的吗？你不要骗我。她说，是真的，我为什么要骗你？

我还在说，那朋友为人十分义气，车工技术又非常好。她的目光飘到窗外去了。

后来，我冒着雪走了。木门在我身后关上了，没有缝。

三十年过去了，我想，这做法大概很老派了，说出来，有些现代人或许要喷饭。友谊和感情，孰轻孰重？不同的人，在不同的时代，在人生的不同阶段，都会有不同的选择。

我十分珍重此事。在我心中，它仿佛是一段藏于淤泥中依然白嫩的鲜藕。所以几十年后，我才第一次在文章中写到它。

徘徊，徘徊

事情已经过去两年了，我几次要写都没有写，最终还是要写它，而且，怀着自省的感情，可见在我心上刻下的是怎么样的印痕！

起因很简单，儿子要考外国语学校，明天就考试，那天下午我和妻子陪他去新华书店买书，四点后上考场看一看，熟悉一下地形。

就在我们从新街口的新华书店出来，我见到一个景象。一个女孩，二十来岁，就是到今天，我还能把她看得很清楚。她的脸苍白，没有血色，如果她的脸上有一点表情，哪怕是悲哀、痛苦，我都不会如此震惊。可怕的是她的脸上没有任何表情，一切表情在她脸上都死掉了！我从来没见过二十来岁表情就死去的女孩子！她的两只眼睛都青肿了，一只眼青肿处开始消褪，另一只眼处没有褪，说明挨打的时间有先后，可是褪下去的那只眼睛的下方又有一块大的淤血。

她站在熙熙攘攘的人群中，一点都不遮掩自己的脸，让可怕的伤痕明明白白地暴露在光天化日之下，就像在火车站举着一块找人的牌子。我不远不近地看着她。我想，如果她是被暴徒袭击的，那也应该是悲愤,伤心,哪怕是恐惧,也不应该表情死去啊?还有,她为什么要这么站着,如雕塑一般。我还发现,周围这么多人,真的没有几个看她,可能他们也觉得她的脸像找人的牌子,但要找的肯定不是他们。

我还发觉,她穿的衣服虽然入时,但质地很差。我觉得她不是城里的人,很可能是一个离乡背井、出来谋生的人。这时,一个男青年从店里走出来,上前粗暴地拉她一把。女孩子就往前走,走得很快,男青年在后面紧追,追上了,恶狠狠地拉她。她就站住了。

我也跟着他们走,哦,看清了,这是怎样一个男青年啊,脸白净净的,眉眼秀气,如果在他的鼻梁上架一副金属眼镜,那你一定会认为这是典型的大学生的形象。可就是这张脸,此刻是多么狰狞。他在说话,我听不见,但我知道他一定在讲恐吓的话。而且,她眼睛上的伤也一定同他有关。女孩子的表情依然是死,突然,她狂走起来,不顾一切地向前走。

男青年叫了一声,快步追上去,又恶狠狠地拉住她。

我一直跟着他们,已经离我的妻子和儿子很远了。我不知道这是一对什么人,但直觉告诉我,这一对绝对可疑。这男青年不是和这个离乡背井的女孩子谈对象,那他是要控制她,是卖淫?是贩卖人口?如果女孩子不是这样的表情,如果她大喊大叫,或者活蹦乱跳,都不会这般引起我的注意,可怕的是她的表情始终如死了的一样。

我走过去,同男青年擦肩而过,他肯定察觉了我的情绪。他有些慌张,他拉女的走,她反而不肯走了。我不远不近地看着他们,他们也站在那里,僵持着。

我不知道我应该做什么。我想如果上前指责,能说什么呢,为什么她的眼睛肿成那样,为什么她的表情同死了一样?妥当吗?如果男青年不屑于回答,我该怎么做?如果他说他们是谈对象,我会哑口无言吗？

妻子和儿子找上来了，妻子埋怨我，你是怎么啦，四点钟就要到了！我只得说，你看那两个人。妻子抬眼看了，也认为不正常。但四点钟已经到了，外国语学校的考场开放了，我们必须去看地形啊。

可是，就是没有这个四点钟，我又能做什么呢？

两个男女还是站在那里，女孩子的眼睛青肿着，男青年抑制着胸中的恶火，不时向我这个方向窥视。这一切我都感觉得到。

妻子叫来了出租车。我们没有办法，我们必须去考场看地形。

两年过去了，那个女孩子在哪里呢？你挣脱那个恶少了吗？你的表情活过来了吗？

浪漫人的小故事

我的一个朋友是个浪漫人,他做事情喜欢节外生枝。碰上一些意外,这比要去做什么,果然做了什么有意思得多。

一个初夏的晚上,那朋友在好友家里喝酒回来,骑的是一辆28型的凤凰自行车。骑到鸡鸣寺附近,清风和畅,他微带醉意,十分惬意,不由朝人行道上看去,树影幽幽乎乎。他正往前骑,忽然一个人喊:"先生,等一等!"我那朋友想,什么人,是喊我吗?就刹住车子,一只脚撑地。就见暗地里闪出一个女人,个子高高的,就着路灯看,眉眼长得挺俊秀,只是年纪不轻了,约有三十多岁。

"你有什么事?"朋友想,她会不会是来路不正的女子呢?

"我想找人说说话,我不知该做什么,心里很闷。"听她口气不像说假话。

"都晚上了,你一个人在外边,就想找人说话?"朋友有几分相信,也有几分不信。那女人说:"是呀,我一个人坐车到中央门,又到雨花台。"

"你家住在哪里?"

"在蓝旗街那边。"

我说过朋友是一个喜欢节外生枝的人。他抬眼看去，前面有一个亮灯卖饮料的地方，有几把凳子和圆桌。他们就坐到那边去。女人讲的故事其实很简单。她说她年轻时思想非常好，坚决要求到地质队工作。朋友便睁亮眼睛，努力想在她身上看出些当年的风采。后来事情不妙了，她离婚了，离开了地质队，一个人带孩子很不容易。她还可能要下岗。现在她认识了一个男人，同她好，却始终不肯同她组成家庭。她不明白男人是什么心思，真是不明白。

朋友想是一个老套故事，不过，他还是充当了心理疏导的角色，像绕线圈绕了一匝又一匝。好了，该结束了，时间不早了。朋友站起来，女人说："你能送送我吗？"朋友愣了一下，这他没想到，朋友骑上车，女人跳坐在 28 型车的后座上，她的动作很轻。骑了一段路，见马路上落着一小捆菜，是进城送菜的车子掉下来的。女人说停下，朋友就停下。她下车捡起菜，朋友接了放进前面车篓子里。

骑到桥跟前，有几家做夜市的铺子，亮着灯。朋友不知怎么想的，忽然说："你吃点东西吧，该饿了。"女人说好。两人在店里坐定了，朋友晚上喝过酒的，现在还不想吃，就让她点菜。她也不客气，点了两个菜，猪大肠和猪爪子。朋友吃了一惊，别的不点，偏偏点这两个，这么晚了，她都能吃下？一会儿菜送上来，女人让朋友，他说他饱了，不想吃。女人让了几次，就自己攥筷，一边啧啧地吃，一边不住地说好吃，好吃。很快两个大盘都空了。不知为什么，朋友心底有些感动，她平时的生活状态可想而知，如果不是亲眼见了，要他来想象半夜她会点什么菜，一定想不到。然而，是不是就此了解一个人了呢，他不是很有把握。

他们继续往前。女人说离家很近了，他刹住了车，女人下车了。她说，父母住屋前边，她带女儿住屋后边，她需要手脚非常轻，不能惊动父母。女人的手向前伸一下，朋友想起来了，从车篓子里拿出那捆菜，说："你拿去吧。"女人略作推辞，就拿上了。分手了，朋友轻快地往回骑。他想，今天夜里的事很鲜活，是临时冒出来的，还是比预先想好的有意思。

有个姑娘叫畹丁

有朋友说,你可别搞错了,畹丁是一个地名,在云南的边陲。我说没有错,那是一个多美的名字,富有音乐的节律。我认识的那个姑娘应该叫畹丁。

四年前我去了云南,到畹丁已近中午了。天刚下过雨,地上有些泥泞,我们的团队到了一个招待所,等着安排住宿。我注意到柜台上有一个姑娘,人不高,有一双那地方的人特有的水灵灵的眼睛,她身边有一张炭化笔画的素描,画了一半,我觉得画很有点灵性。我说,是你画的吗?她说,是啊,我喜爱画画。我说,能找你说说话吗?她说,可以啊,下班了她就在宿舍里画画。后来又告诉我,她住三楼最西那间。可是不巧,负责接待的人说搞错了,我们团队不住这里,急忙叫我们上车,拉到三里路外另一个地方住下。

一下午活动都排得满满的,吃过晚饭才有空,可第二天一早就要离开了。我不能失约啊,于是一个人悄悄离开同伴,步行三里多路,到了那招待所,找到三楼最西间,敲门。里面说进来呀。进去看有两个人,另有一个姑娘,陪着她说话,她正在画画,我们说了不一会儿，那作陪姑娘说她要走了。我看得出，她是要给我们单独的机会。我看了她的不少画，她说，几年前一个贵州艺专的老师来这里工作，她跟他学的，后来他回贵州了。我说，那后来就没有老师了？她说，对，后来我就自己画了。

我注意到床边有一把长长弯弯的刀，就拿起，抽了一半，她说，这就是景颇刀，她是景颇族人，景颇族哥就用这刀。我就抽出刀在手上比画，颇有些当了景颇哥的幻觉。窗外传来舞曲声，她说是招待所的青年人活动，在楼顶上跳舞呢。我说，我们也去吧。她放下画笔，我跟着她上了楼顶。白天下过雨，现在月亮好极了，四周的榕树在底下婆娑，托起了楼台，有种羽化登仙的感觉。跳舞的青年都是她一个单位的，可是她始终都只和我一个跳。她并不怎么会跳交谊舞，但步子却极轻柔，我看她更像是在跳他们的民族的舞。我们有时候靠得近，她说，她的家在远处的山里，阿爸有十个孩子，她是第八个，叫八子。

舞会还没结束，我们走了，沿着路走，畹丁是个小地方，走不一会儿路灯就稀疏了，我们便在一棵大榕树下站着。树上好像还有白天的雨水，我们又谈起她的画，忽然她沉默了，好一会儿才难过地说，她跟老师学画，人家风言风语可多了，后来她和老师都不敢见面了，后来老师走了。我也说不出多少安慰她的话，月光从大榕树庞大的枝叶中透下来，迷迷离离。她的情绪慢慢好了，有一群青年人骑车从这里过，小伙子带着姑娘，说说笑笑，她说听声音是白族的，过一会儿，又有一群青年过，她说是傣族的。

不知过了多少时间，我跟她去了她的宿舍，我在下面等，她拿了她的画下来，好多张，我说给我的画家朋友看。要分手了，她低下头，突然叫我一声，大哥！我差一点掉下泪来。算算不过认识几个小时。

到了住地，大家都睡了。第二天车上，大家说说唱唱，我却一人无语，心中重复一个词，畹丁，畹丁。

到了家，我把画给南艺的一个老师看，他说，有一定才气，要是接受正规训练，很可能有发展，不然也就平平了，你有本事让她变个潘玉良？我无言以对，把一些他对画的看法转告了姑娘，她也回了信。她还在畹丁。

想想我也释然了，如果都走出来了，潘玉良的传奇就平淡了。让她还在边陲画吧，让她再画那里的竹楼、那里的大榕树，让风言风语再来磨炼她，让每个像我一样的游行者都能见到她柜台旁的一张炭笔画吧。

她姓杨，有一个别的名字，但我想，她的名字叫畹丁。

我所认识的罗西

人是不甘冷清的,有棋子流行,就有棋王问世,有瓜子一吃,就有瓜子王出来开创牌子,人要喝饮料,便有可口可乐风靡世界。由此可见,足球这个人类的第一球类运动,除了诞生球王外,还要产生职业球迷、球迷皇帝,就一点不奇怪了。

我听说罗西属于偶然,同他谋面则是意外了。去年上海万宝路杯足球赛,我看一场半决赛,赛事约摸进行了十来分钟,就见前排喧哗,细看,一个穿旧军装的人沿着栏杆过来了。他个头不小,头上缚一条绿布,绷住了脑门,手里执一面旗,旗面褪了色。那人面色发黑,两眼凹陷,举旗的手往上一挺,吼道:"辽宁队——"四周有人应:"加油!"我觉得这形象同唐·吉诃德拿着长矛周游差不多,再看身后果然跟着一个矮个,那该是桑丘了。那执旗的翻过一道道栏杆,警卫跟没看见一样,要是一般的观众,非要拖出场,或者罚他的,可是那人就像入无人之境。身旁人说,罗西。我心里一动,拨开人群追上去,看台上追一个人是颇有趣,一时观众不看球反而看我了,耳旁听到说,是个罗西的崇拜者,我不分辨,心里发笑。

追上了，我说我要采访。罗西说，行，现在看球，你先跟老羊联系。就是那个跟在后面的矮个，我们说定了时间地点。

罗西住在一家辽宁大企业的驻沪饭店里。因为修路，我们七七八八拐了不少弯。老羊说，他已经请出长假了，等万宝路杯赛一结束，就要随着罗西一起长征。他说，有一家厂资助了他们两辆自行车，罗西已经走了半个中国，他要随着他走完以后的路。我忽然想到，便问，据说罗西在任何场合，都是头缠巾布身披勋带，始终那个打扮，你是不是这样？老羊摇摇头，说："我只有在看台上才披挂，罗西不一样，他是北方人。要是平时我也披挂，上海人不骂我神经病才出鬼呢。罗西血性旺，大街上也挂。"

罗西早在屋里等我了。谈不一会儿，他就谈起遍布全国的球迷。这时他情绪高亢，脸上有一道威武的神色，像是大将沙场秋点兵。他说他骑车走了许多地方，帮助组织了许多球迷协会。他给我看了不少报纸杂志，大都说他为了当球迷如何倾家荡产，抛家弃子，说他是中国的第一个职业球迷，是球迷皇帝。他同我讲话也是反复强调他是第一个。我隐隐有些不舒服，何必这般不客气？再想想倒有点明白，使球迷成为职业，在中国恐怕他是第一个，做第一个的人大都执迷不悟，我行我素，大都当仁不让，唯我独尊，又都带点宗教狂热，不然又怎么叫信徒佩服？怎么戴上皇帝之类的桂冠？一些宗教的创始人都有这特点。不过罗西的这种自我宣传似乎尤其突出，而我平时对孤鹤野云方式有一种偏爱，便不知该说好还是不好。

于是轮到拍照，罗西就披挂起来，除了绿头巾红披带以外，他还把一条宽长的子弹带束到腰上，我凑近看，子弹带上分出许多小匣，分别装着弹簧刀、螺丝刀、铁丝等，他说长征时不能少的。我提了提，约摸有十多斤，他束上带子，戴了头巾，斜挂披带，擎了破旗，一切停当，我才按下快门。

临走前,老羊说,明天的比赛还去助威吗?罗西说,当然去。老羊说,可没有票子了。罗西说,要什么票,你就说是球迷,你不敢就跟我一起进,我看球从来就不买票。那嗓门和那份自信都叫我吃惊。

鸡窝里飞出凤凰

我的老家,上海的弄堂里有一个老裁缝,裁缝的儿子还是裁缝,做中式衣服的,几代人都不识字,碰上写信什么的,小裁缝一张胖脸上堆满了诚恳,央求我们几个。他拉拉扯扯说了一大堆,我们就打断他,好了,好了。等我们把写好的念给他听,他鸡啄米一般点头,最后名字也要我们代他签。

裁缝的店堂很小,只有七平方米。一家人吃住、干活都在这里。原来只有老裁缝一人的户口在上海。20世纪50年代,为了响应政府的号召,老裁缝的老婆带着两个儿子回苏北农村了,户口也迁走了。所以,一个有户口的和三四个没有户口的,就挤在七平方米的螺壳里。

小裁缝在乡下结婚了,有了儿子,叫志洪。后来,我们就见到他的儿子了。瘦瘦的,很文静,笑起来,两只眼睛眯成一条线,眼角打弯。当时我们谁也看不出这个小家伙有什么特别。志洪在上海借读,奶奶抓他的学习,自己不懂,就叫别人代她检查数学作业,自己倒提一把筷子在手中,只看检查人的表情。碰上代检查的是个粗心的,才看一眼就叫起来,不对,不对。老奶奶心想还了得,一筷子劈头打下去。志洪哇哇直叫，老奶奶还打。那边却说，我看差了。

不久就看出苗子了。志洪原来是个学习痴，他放学回来，哪里都不去，只在家中看书。七平方米的地方，只要有一处容他放下书，摊开作业本，哪怕是缝纫机边上一个角，那就是他的无尽美妙的乐园。不管店里来多少客人，量体裁衣，插科打诨。不管他爹的收音机开得有多响，也不管他奶奶和邻居怎么叽里呱啦，他始终沉迷在他的天地里，谁也无法干扰他！这简直是一个奇迹。

于是，他小学毕业，上重点初中，初中毕业了，保送重点高中，成绩一直名列前茅。学校老师知道他的底细，十分惊奇，这家里怎么会出这么个儿子？别人借读都要出许多钱，可是他借读，学校只收很少一点钱。他班上有些学生，不好好念书，父母请家教，上各种辅导班，都不管用。而他就是上课听，回家一人做作业，什么辅导班都没有上过。那些家长听说了志洪的情况，哪敢相信，愣怔了半天，就拿志洪作例子，在儿子耳边一遍又一遍数说。我们这些邻里也是不明白，难道是这一家几代都是白丁，上天要送一个状元到他家来，鸡窝里飞出凤凰？

很多年后，我回到上海，去看裁缝，见店堂的半空中搭了个小阁楼，也就两个平方米。那天我坐了好久。看看到晚饭时间了，老奶奶朝阁楼上喊，我这才知道志洪就在上边看书，在我的脑袋上方，几个小时居然不发出一点声音！我心中感叹不已。志洪下来，搬过梯子，一步步下来，叫了我。我看见他苍白的脸上，有一种稚气、平静的神色。

老裁缝年事已高。这一家最怕的是他过世了，上海户口没有了，七平方米的房子就要给房管所收掉。这一年，志洪没有参加高考，被保送进浙江大学。志洪四年大学毕业，分回上海，老爷爷已经平平静静去世了。原本要落空的房子恰好被志洪的户口顶上。从这个意义上说，他保住了他们一家在上海的立足之地。又过几年，老房拆迁，他们一家搬进了城乡结合部一套新公寓。

现在，每逢遇上有人只看重家庭出身、背景，我心中总是嘀咕，志洪的事大概能告诉人们一个道理：社会，也应该给没有家庭背景和社会关系的人提供机会。

阴差阳错的师生情

现在到浦东去，情景大不一样了。巍峨壮美的杨浦大桥、南浦大桥高高耸起，把浦东和浦西紧紧连在一起，一道道隧道从黄浦江腹下通过，一座座豪华的大楼鳞次栉比地竖起，宽阔齐整的马路在向远处延伸。我站在街头疑惑了，那块散着泥土气息的油菜花地安在啊，那群质朴、可爱的女学生现在怎么样啦，还有那所学校呢，那时它刚改成女子师范，围墙四周一排小杨树的叶子又小又圆，楼里不时传出欢歌笑语和钢琴声，在浦东大道两旁回荡。我心里充满了恋旧的情绪，眼前的景致反而淡了。

那时学校刚改成师范不久，浦东大道的那一边就是黄浦江，可以看见江中心船的杆尖。一到雾天，白茫茫的雾涌到学校里来，学校里也是白茫茫的一片。教学大楼后是一片花草地，略有残败，长着艳红的鸡冠花、稀疏的向日葵，蜜蜂在这里吟唱，蚂蚁总是匆匆忙忙地搬这搬那，遇上雨天，到处都挂着水珠，格外的有味。这里可是我们的乐园。我们文学兴趣小组常到这里来活动，学生中不少都是语文功底不错、颇具才华的，她们对着蜜蜂对着晶莹剔透的水珠，朗读她们的诗篇，她们青春焕发，空气中都飘忽着她们诱人的气息。

兴趣小组中有一个同学，叫郁金香。这是一个高高大大的女孩子，脸架子有点方，但眉眼很秀气。听她讲她的爸爸是做木匠的，大概是遗传的关系，她的骨架手架都像有力气的样子。记得兴趣小组活动的时候，她并不很活跃，不像有些女孩子踊跃地发表自己的意见，坐在那里，常常是静静地听，听到会心的时候，就文静地笑。有时下了课，她也来问我问题，可总是等别的同学走了以后她才问。究竟问了什么，我现在一个也记不起来了，我只记得她的表情，她好像尽量在收拢身子，不愿在我面前显得身子太大。

我们兴趣小组常要写文章。我记得她的文章不算最好，她不算很有才华的学生，但也不差。她的文章比较质朴，描述人和物都还准确，有浓郁的生活气息。如果不是那件事我可能不会注意她的。一次，一个学生对我说，老师，你知道吗，郁金香写日记呢，每天都写。是吗，我说，每天都写好，可以笔头灵活。她说，她睡在我的下铺，我看见她趴在床上，背着人不时地写。我想不起我又说了什么。女孩子用很怪异的目光看我，想对我说什么，又要忍，但还是说了，一下子使我颤动。她说，我见一本本子在桌上，我没有意识到这是什么本子，随便翻开来看，竟然是她的日记，几乎每天都写到了你。

我眼睛直直地看着那个学生，一时内心非常复杂。我不明白她为什么告诉我这个，那女学生可能也不明白，她的脸白了，非常惊恐也非常兴奋，像是一个玩火柴的孩子，突然擦着了火柴，烧着了整栋房子。好一会儿我意识到不对，我对那女孩子说，我知道了，你走吧。不要再和人说了。

以后见了郁金香就有些异样，我想在她的日记里我是一个什么形象，知道有人在写我，每天在写，而且是个女孩子写，我的心怎么能够平静呢？我常在虚空中看见了一张张脸，都是我，有的平和，有的怪诞，有的真诚，有的伪善，那都是我吗？我更为不安的是，那郁金香为什么要写我，写了我同她什么关系，我好像窥视到少女的某些奥秘，我感到虚荣的满足，同时又有些恐慌不安。

郁金香不知道我窥视了她的奥妙，她依旧问我一些问题，还是想把她的身子缩小，但我总觉得能在她的眼里看出一些火苗，看出一些不平常。很快到她们毕业的时候，学生们就要题词拍照留念。一天我回到宿舍里去，走到楼梯口有一个人插过来，我一看，正是郁金香。她的神情有些特别，说，老师……就没有再说下去。我感到有些突然，又不觉得突然，我说，你们班上的活动结束了？她迟疑一下，说，吃了一点东西我就出来了，她们还在喝啤酒，闹个没完呢。我说，那上屋里坐坐。我们进了屋，门半开着。我们谈到她毕业后的去向，谈到她所在的郊县的工作环境。我说，只要不放弃努力，写作就会有成绩。她口里嗯着，但我看得出她并不很相信我的话。她也说了一些家乡的情况，和一般同学不同的是，她没有一句邀请我到她家里去看的话，而一般同学总是很盛情地邀请老师去家乡。

一会儿她掏出一本本子，是很精美的一本新的日记本，说，送给您留作纪念。我说，哎呀，你花这个钱干什么，离开学校你还可以回来看看，我们还能见着面。这时她的神色突然起了变化，好像很激动，说，不，我们不会见面了。我说，你怎么知道不会见面。她说，我知道的，我知道不会见面了。我无法再说了，只觉得这个预感不好，她为什么要有这个预感呢？我默默地收下了日记本，我甚而觉得她的眼睛里噙着泪水了，也可能是我的幻觉。

很多年过去了，我早调离了学校，在这之前她也没回过学校。时间过得真快，一天我在《新民晚报》看到一则消息，说到某乡村的一个青年妇女，骑车在回娘家的路上被一辆吉普车撞死，死者还怀着几个月的身孕，名字叫郁金香。我整个地颤栗了，坐在那里好长时间不会动，太阳高高地挂在天空，我觉得它是黑色的，是的，一轮发出金光的黑太阳。报上还登了地名，也是不差。我记起了她的话，我们不会再见面了，以前我是不相信命运这种说法的，现在我动摇了。我想报上怎么把她的真名登出来，可能是这个名字美。

连着几天，我心里都很难受，什么事都做不起来。我打电话问了她的同学，说也看了报，跟我一样表示哀痛。以前的一切又在眼前浮起来，我想这可能就是宿命。又几年过去了，我忽然见到了告诉我郁金香写日记的同学。她变化也不小，她说，她听人讲了，出了车祸的不是我们的郁金香，是另外一个人，另外一个郁金香，她听人说，郁金香还活得好好的。我听了很激动，冲口而出："应该是这样的，应该是这样的！"我感激这个学生。

我的下一个念头是，要跟她联系上。我写了一封信给她，我原来以为会写得很长，结果却出乎意料的短。我说很想知道她现在怎么样了，生活有什么变化，爱好还在坚持吗。我想，只要她回了信，下一封信我会细细地写，把什么误会都告诉她。

信寄出去了，以为一定会很快收到回信，一个星期过去了，半个月过去了，一个月过去了，三个月过去了，半年一年过去了，却没有信来。我的心重新被揪起来，她到底是怎么啦，是她的地址变了，信收不到？她结婚了，住到男人那里去了，抑或是她的旧房子拆掉了，搬了新地方，那么邮局也应该转送呀。是因为她说过，我们不会再见面了，所以连信也不回，不是不可能，那就是说，她心里怀着一种复杂的同时也是很坚硬的感情。再有一种可能就是《新民晚报》没有登错……我怕沿这个思路想下去。

直到今天，我还没有和郁金香联系上，她说我们不会再见面了（也包括在信里？），可能真是说对了。

惊梦女郎

之一

现代通信发达,有电话的人越来越多,打电话的方式也不一样。有时见人抓住一部电话机,就像一篓米淘净下了锅,那人十分地从容恳切,一句一句谈心,釜底之火温和而持久。可以想见,这锅粥一定熬得又浓又稠。还有见时髦女郎来到一个新地方,无事可做,又不能走,闲得难受,忽见一部电话,两眼发亮,抓起就拨,对一个一个人说,你好,发财了吧,太想你啦。或换一个字,想死你了。这都是现代都市的产物,虽然奇特,毕竟还是有名有姓认识的人打来。如果你接到的是一个莫名其妙的不知来历的电话,而且是在半夜,被这种电话的急铃声惊醒,那真会觉得难堪。

一个朋友对我说过一件事。一天他睡得正香,突然一阵电话的急铃把他惊醒,他看表已经是深夜一点多了,心里就嘀咕,但还是抓起话筒,对方是一个女子,声音有些娇嗔:"啊,李先生,你已经睡觉了吧，把你惊醒了真不好意思，你一定要原谅啊。"朋友想不是明知故问吗，但还是礼貌地说："你是谁，找我有什么事？"那边的声音说："我是谁你想不起来了？听我的声音再想想。你还想不起来？不会的，要是你连这样的印象都没有，那我真要伤心了。可是回过来说，为什么一定要知道我是谁呢，有个朋友，一个想着你的朋友给你打电话，不知道是谁可能更好呢。"

那朋友想，可能都市的夜班族是不睡觉的，问："是不是现在你还在夜总会，不打算回家。"女郎咯咯地笑起来："李先生，你真是猜错了，我跟你一样，刚从噩梦中惊醒呢，我突然觉得非常害怕，像是到一个陌生的世界去了一趟，不由想到了你，我心心相印的朋友，要是这时能听到你的声音，我心里就会安宁下来。"朋友觉得不对，说："可惜的是我不能给你帮助，你找别人去吧。"那边立刻接上："不，不！我找的是你，只能是你，你不能挂断电话，不能。如果挂了，我会一直一直打下去，白天黑夜都会打，你要么不接电话，你接一个都可能是我。"朋友想，今天真是见鬼了，她又这么坚决，姑且听她说说，睡意倒也消失不少。

女人的声音又娇嗔动听起来："没有比梦中惊醒再可怕的了，我睁着眼睛在黑夜中想，我没有真心的朋友啊，不要看那些天天在一起喝酒跳舞的，都是鬼混的，真心的没有，当然你是例外，我觉得太难过了，寂寞折磨着我。"朋友说："讲这些有意思吗？"女人说："我知道了，你还是想知道我是谁。你记得吗，是今年的春天，在玄武饭店里，当时我看了你作的画，你画得太有意思了。"朋友尽力去想，但记不起了，女人提到另几个画家的名字，说他们也在场。"你给了我名片，我也告诉了你名字，你还想不起来？名人多忘事呀！"口气似乎很失望。

我的朋友停了一会儿说："就告诉我这些？"女人说："你还是没有相信我，我可是非常真心地找你聊聊，我不是性骚扰，怎么会呢,就是我说是性骚扰,你也不会认同。"朋友想她语言能力还不差。女人说:"要是你看得见我现在的样子,就知道我是多么真心诚意,电话不在我的床边,我是从暖和的被窝里爬出来,到这边沙发上给你打电话。我只穿着内衣,幸亏你夫人出差去了,不然,她知道我这副模样打电话可不好。"朋友想这家伙还摸了情况。

女人说:"现在我冷得发抖了,抓一条毯子裹在身上,啊,可暖和多了。"朋友说:"小姐,回到被子里比披毯子好,你不觉得该结束了?"女人停了一下:"打扰了你真是抱歉,可是我总好像觉得没完,哪天我们再见一次面。"朋友想了好一会儿,说:"可以。"女人欢快地说:"那太好了,在哪里,什么时间?"几乎都由女人定夺,定下了时间地点。女人又说:"我是认识你的,可你怎么认我呢?"朋友说:"你认识不就可以了。"女人说:"要是有人假冒我呢?这样,我穿一件水洗布的衣服,你记住,一定要记住了,是桃红的。"

朋友停住了。我说,后来怎么样。他浅浅地笑了。我说,可以不去理她。我们谈别的话题。朋友要告辞了,走到门口,又折回来说:"很大程度出于好奇心,我去了。"我说:"你们谈得怎么样。"他说:"鬼都没有见到一个。"我愕然。

之二

上面讲的是一种没来源的电话,这里讲另一种情况。也在深夜,一阵电话急铃声把我惊醒,我懒懒提起话筒:"喂,谁呀?"那边一个女人的声音,低抑,沉闷,像有无限的痛苦:"沈老师,是我,我在外面给你打电话。"我脑子里一闪,不要是同朋友一样我也遇上了,声音就严厉:"怎么回事,你要干什么。"那痛苦的声音说:"是我啊,你听不出了。"接着她又报了两遍名字,这下我听出来了,是我认识的女孩子小尹,这是一个很有活力的女孩子。"我要死了。"

声音呆滞发涩，像从一把坏旧的二胡里拉出来。我心里一紧，忙问："怎么回事，怎么就要死了？"

女孩说："我不活了。"我说："怎么啦，你讲清楚。"那边就饮泣，说："你能来一趟吗，我等你。"我再问，都没问出名堂，只得答应。她告诉了一个地方，说在门口等。初春的深夜冷飕飕的，我一边把车骑得飞快，一边想，莫非她给人绑架了，偷打一个电话出来，或者是……心里有点毛，便给自己壮胆。骑到地方，便见一人影从黑地里出来，是小尹。心想，她还是好好的，心松了不少。她也不说，领我进一个屋，那屋里日光灯雪亮，还坐着一个抱头的男人，我心里明白了。

那男的我见过几面，有老婆孩子。两人都是脸色苍白，满脸的沮丧痛苦，打个比方，像是两条鱼蹦到岸上来，一张一合地呼吸。我坐下，很长一段时间的沉默。男的说让她讲吧。小尹说，你讲。两人一点说话的力气都没有了，我想，暴风雨刚过去，现在是雷电后的残局。可是还用他们哪一个讲吗？

又过了很长时候，男的站起来说，我走了，似乎又有些胆怯。我便明白，不是别人绑架了小尹，是她扣押了别人。我说，你走吧。小尹伏在桌上没说话，男的走到门口，看我一眼，目光里是感激和获释后的侥幸。

女孩沉默一会儿，爆发一般说："他为什么要骗我，当时说得好好的，到头不敢离婚了，胆小鬼，懦夫。为什么，为什么他要骗我？"我明白今天我的角色了。她又说："我见过他的老婆，哪一点比我好？我要他解释，为什么，为什么？"我只好讲些想开点，跨过去，你的前程还远得很之类的话。小尹还在不停地宣泄她的苦闷和愤恨。我又想到那个走掉的男人，那个得了便宜又获得解放的男人，那些话是应该让他听的，可是现在代他受过的是我，如果他现在想，算找了一个替死鬼，那我坐在这里听不是冤枉吗？

她还在那里问为什么，我还不断用将来之类的话劝她。我明白除了听她发火诉苦以外，不会有其他好办法，我唯一要赔上的就是时间。天边慢慢地有鱼肚白了，她的气像消了不少，我们骑了自行车出去，我送她回家，左边是高高黑黑的城墙，残月挂在上方，也已经白了。一路上我仍忘不了宽慰她。到她家跟前，她毅然地说，我走自己的路。我心里顿时松一口气，像做了半天作业的学生，终于在老师那里得了一个好分。

　　我现在还怕接半夜的电话，我不知道我的朋友中间有多少人接过半夜的电话。

砍价历险记

去云南是多年前的事了,回想起来,就有异常强烈的感觉,在我的印象中,它是那么蓬勃、热烈,又带点魔幻色彩,叫人捉摸不定。

那里有巨大的榕树,一棵树由几十根粗壮的躯干组成,拔地而起,一棵树就是一个林子。那里有不少寺庙,许多俊逸秀气的男孩子在寺庙中诵经。你可以盘腿坐边上,听他们读,细细观察他们的神情,还可以问一些在你看来合理,在他们看来却莫名其妙的问题,这一切都令人神往。

那里有许多摊子,一个挨一个,都在卖缅甸玉、云南玉和大理玉,但绝大部分都是石头,不是玉。云南陪同我们的朋友说:"你们买东西要精明,要会讨价还价,一刀下去至少砍一半。"我想,入乡随俗嘛,就记在心中了。于是,要价五十元的香水,我们十元就买了。卖家还乐滋滋的,可见水分有多大。

一天分散活动,我和连云港文联主席周维先生走进一家饭馆,店主是个高大粗壮的汉子。周维先问他烧一条鱼多少钱,他答八元。

我也是一路上讨价讨惯了，兴之所至，随口说："四元。"没想到那汉子眼睛竖起来了。我还没在意，还往下说。他突然抓起一把铁锹，抢起来就朝我劈下。我顿时惊呆了，不就是讨价还价嘛，怎么就动起"兵器"来了？我往后急退，等他铁锹砍过，一下冲上去，抓住铁锹把。那汉子也抓紧了不放，两人脸贴得很近，他的气冲到我的脸上。两人绞着，就像古罗马士兵的格杀。

那汉子突然松了手，往后面奔，抓了一把明晃晃的匕首，鹰一样扑上来。我心乱跳，没想到讨价会讨出个杀身之祸，一时慌了手脚。店里出来一个伙计，拉了他一把，我赶紧往门外跑，把铁锹倒提在手中，一边后退，一边抖手中的铁锹，好像在使拖枪法。那汉子看我逃出险地，竟不追出来。

出过一身冷汗，发现照相机还扔在店里，这可怎么办？创作组的赵践是一个勇敢的女性，她提着我拿的铁锹上去，一会儿工夫，便把相机换下来。

现在想起，还是后怕。我始终不明白，那汉子为什么如此莽撞，我不就是还价吗？是他生意不好，很不顺心，我胡里巴涂撞上去，险些当了替罪羊？也许他只是吓唬我，宣泄心中的闷气，并不打算真动刀枪。不然，我能一点血都不流吗？这是我几十年旅游经历中唯一的一次历险。

法国女郎

没想到，在路经三峡的船上，会认识这位法国女郎。

那是在甲板上，对着湍急的江水，对着巍峨的山峰，她沉静地坐在木板上，一只手托着尖尖的下巴。后来我才知道她是非常开朗、热烈的女人，热烈的性格变得如此沉静，可见巴山蜀水，这东方的绝景是如何迷醉了这个法兰西的女郎。

我见她在一张纸上写字，她朝我笑了笑，表示了交谈的愿望，于是，我见到她在纸上写的稚嫩的汉字：你如果捡到这个瓶子，请给我写信好吗？我记得中间有几个错别字，现在我记不得是哪几个了，当时我不想指出，我觉得留着错别字更好。她写下地址，北京师范大学留学生楼509房间。落款是，葛韵馨。

我说，葛韵馨，这个名字挺有味的，是谁给你取的？她一笑，她的笑和我们女孩子的笑不一样，不是礼貌的笑，她的笑是真笑，发自内心。她说，我自己取的，你喜欢吗？

她把纸条卷起来，塞进一个矿泉水瓶子，拧紧盖子，奋力一甩，抛进江水中。我不知谁会捡到这个瓶子，我希望他能写信给葛韵馨。

她二十多岁，个子挺高的，稍有些胖，眼镜片后的目光异常地清彻、纯真，十分动人。她是来中国学汉语的。与我同行的朋友也饶有兴趣地和她谈话。朋友问她，法国有多少省，她用汉语说，不知道啊。再问法国多少人口，她也说不知道啊。可是说到国歌，她活跃了，立即用法语唱起马赛曲，唱得兴致勃勃，原来她是马赛人，对这首歌特别有感情。我则给她讲解李白的"朝辞白帝彩云间"，因为现在船走的就是当年李白的路线，她睁大了眼睛，仿佛同飘飘欲仙的李白见了面。在船舱昏暗的灯光下，我们谈了许多，几乎忘记了时间。我当时有一个奇异的感觉，她是那么真诚，信任人，就是你把她领向地狱，她也会毫不犹豫地跟你走。

我回到南京后，居然收到她从北京寄出的信，我回了信，隔一段时间，她又来了信。对这种邮件交往，我很是欣悦。这是一个中年男人，与一个异国年轻女性的交往，别有一番情趣。一年后，她写信告诉我，她要到南京来，接着到黄山去，我说好啊，欢迎你。果然她就来了，我在火车站接了她，她背着一个很大很重的包，足有四十斤，我问她这是什么呀，她说，里面有一顶帐篷，她要背到黄山顶上去，在那里露宿。这不能不叫我吃惊，我说，黄山路很难走，你背不动的。她抬脚踩几下，说没关系，我有力气。我想了想说，上山有缆车，你可以坐缆车上去。她却连连摇头，不，不，我是学生，我没有那么多钱。她说她的父亲在法国是木匠，她上学要靠奖学金，靠自己打工。她说她爱中国，不赚钱，就不能在中国完成学业。等她研究生毕业，她还想在中国找工作呢。我定定地看看她，这个可爱的法国女郎突然让我觉得有一点陌生。

在南京时，我陪她玩了许多地方。除了中山陵这些宏伟之地外，她感兴趣的就是旧式的民居了。那天我们恰好看到一个旧居在拆，她忍不住说，太可惜了。我说这些房子太旧了，住在里面没法享受现代化。她说拆了就消失了，不会再有了。我笑着说，那你明天搬来住吧。她说如果有人同意我住,我一定来。我觉得她说的不是假话,真有人邀请,她不会食言。

我没有陪她去黄山,我把她送上车子,说:"祝你成功,葛韵馨!"一个月后,我们通了电话,她告诉我,她没有坐缆车,那个大包也背上山了,她就是在帐篷里过夜的,黄山太美了,以后她还要到中国其他地方去。

半年后,我上北京,打通了她的电话。她来看我了,一副风尘仆仆的样子。我问她在干什么,她说她在做家教,在教一个孩子弹钢琴。欧洲是现代音乐的摇篮,她教中国孩子肯定绰绰有余。令我惊讶的是,她竟然问我的一个北京朋友,如果她坐公共汽车去家教,应该坐什么线路,我的朋友就告诉她应该在哪里换什么车,当然要比坐地铁麻烦许多,她算了一算,要比坐地铁省一元多钱,于是,她像孩子一样叫起来,我明天坐汽车去!我十分不解,问她原因,才知道她已经拿不到中国的奖学金了,她去法国驻中国使馆找工作,也没有找到,为了完成学业,一元钱她都不能浪费。我心中愀然,我想她那么爱中国,为什么在中国完成学业如此不易呢?那天,我们去玩了一些地方,她又变得活泼纯真,好像那些烦恼都烟消云散了。

终于,我在南京接到了她的电话,她没法读下去了,要离开中国了,在电话中向我告别。我一时无言,想起和她的种种交往,想起在行经三峡的船上,我们背诵李白的"轻舟已过万重山",那时她的眼光是多么痴迷啊。可是,她不得不离开她朝夕相处两年多的中国了,没法完成她的学业了……她的情绪显然受了影响,声音有些含糊,我疑心她在流泪。后来,她恢复了,说:"以后有机会,我一定,一定再到中国来……"我说:"会的,葛韵馨,你会再来的。"

两年过去了,她在法国好吗,还用不用葛韵馨这个名字?她还想得起三峡的那个夜晚吗,什么时候再来中国?

放生记

我养乌龟，前后不过一个半月，就放弃了，自认失败。不过，由此懂得了动物的一些天性，何尝不是一个收获。

乌龟是从菜场买来的，有我手掌大，花了二十元钱。拿个塑料盆，放进七彩的雨花石，放进几个贝壳，就算是它的家了。

给乌龟吃什么，买的时候我就问清了。卖龟的人告诉我，给它吃瘦肉就可以了。我放进一点瘦肉，可是一天下来，肉还是老样子，一点咬的印迹都没有。第二天，我扔了旧肉，换新肉，它还是不吃。几天下来，它对我一点不领情。有人对我说，要是你买小乌龟就好了，小乌龟肯吃的。看来我是买错了，十分懊悔。

都说乌龟长寿，它活动量小，不吃东西没关系。可是，我买的乌龟大，我觉得它绝食后，精神差了许多。比方说刚买来时，它在盆里乱爬，就是想爬出它的"家"，但是塑料盆的边又高又滑，它跌下来了，不停一下，又往上爬，大有愚公移山的精神。然而，十多天下来，它蔫了，一动都不动。最不可思议的是，它的四条腿常常拖出来，拖得很长，像一具尸体，样子非常可怕，我从来没见过乌龟拖腿的。我甚至以为它已经死了！用手拨弄，才知道没有死。

我向一个卖菜的打听，给它吃什么，它才能吃呀。可是那人听错了，他说："乌龟可以吃的，同甲鱼一样。"我不寒而栗。

我想清楚了，放生。塑料盆隔绝了它同土地的联系，阻断了地气。我不能再养它了，让它到它应该去的地方去。

我把它放进车篓子里，骑上车子，往小区后边那条河骑去。它似乎有点觉悟了，开始动了。我不在意，依然往前骑。哪想到它整个的激活了，是自然的风吹醒了它生命的灵性，它的四肢抓紧了铁丝，快速往上爬，已经爬到篓口了，我伸出手，没来得及抓住它，啪的一声，它掉在地下。我刹住了车，这一刻我简直不相信自己的眼睛，它拼命地奔跑，用"奔跑"这词没有一点夸张。它的每条腿都拉长了，拉到了极限，一划一斜，一斜一划，完全像一个战士背着盾牌在奔逃。我甚至听到了它的叫声，咕咕的，像把牛的叫声放小了。这时，我才明白龟兔赛跑是可能的，以前我从来不相信乌龟会奔跑。我眼睛睁大了，心跳得很是异样，我知道，它落在土地上，亲切的感觉在呼唤它。我感到它的每个指甲尖都充满了对自由的渴求。

但是，这里是柏油路，远不是它的安全之地啊。我把乌龟抓回来，扔进车篓里。但是，它已经尝到自由的滋味。怎么肯就此罢休呢？它疯一样往上爬，几下就到篓口，我一只手抓车龙头，另一只手狠地扒下它。它掉进篓子，翻了白肚皮，又死命往上爬。我又扒下它。就这样，车子摇摇晃晃，总算到了桥头。

我抓住了乌龟，急急扔出去，它落在河滩边的满地落叶中。一动不动，我看不出它落在哪里。我想，是我抛重了，把它摔昏了？找了好一会儿，总算看到它了，落叶的颜色同它甲壳的颜色接近，所以不易发现。我仍在看，过一会儿就看不见了，后来又看见它了，后来又看不见了。只听见声音，那是拨动树叶的悉悉索索声，我知道，它在往泥土和叶子的深处钻。

暮色重了，我放弃再看它的愿望了。我希望从此它自由，不要被人再关进塑料盆里。但是，那条河是那么窄，而河两旁有那么多的人，它能无虞吗？尤其是那个说乌龟可以吃的家伙，千万不要撞上他。

第二辑

五色人生

孤 独

孤独，多么美好而具有诱惑力。

记得第一次接触这个词时我很小，似是鲁迅的小说《孤独者》。只是不明白，那个孤独者，两眼在黑气里发光的魏连殳，怎么行为这般乖戾。大了慢慢懂得，那个主人公身上，隐约有鲁迅本人的影子。今天，我写这篇短文时想，孤独的鲁迅是国人的幸运，倘若没有孤独，哪来伟大的鲁迅？仅此一例，足见孤独的品格非同一般。

我们活动在地球村，耳边不时也会飘过一些营营声："我好孤独啊！"心里不由生出同情。再一想，他真是孤独吗？真是轻飘飘就能孤独起来了？当今世界，孤独是容易的事吗？你要想独自办一件事，却会有七八个有关或无关的人来打扰你；你上公共汽车，可能和不相识的人挤得前心贴后背；就是你躲在家里，各种来自外界的噪声，把你的耳膜震得嗡嗡响。这是外部环境。要具有孤独的品格，谈何容易！

这样我们有理由说，这些营营之声，表达的不是孤独，实在是空虚。充其量不过是孤单。所谓空虚者，就是心里没有底子，一心希望外界搭救的人。空虚者,在浮华喧嚣的年代,心无所系,足无所立,人家要贺喜,他便去点炮;人家吃宴,把他叫上,就有受宠若惊之感。孤独不会来找这样的人,至多在他的窗外停下,探头一看,就匆匆过去了。孤独是一种自寻的境界,它进入孤独者的驻地,就有实实在在的人生和朴素的光华。

在喧嚣繁华的尘世间,有一方自己的乐土(不管它是有形的还是无形的,就是在都市中心都无妨,古人早说过,大隐隐于市),以寄寓在这里倾听音乐,攀依哲学,在静谧中感受高山流水,日月星辰,投入自然的无尽怀抱。现在的人太需要进入自然的怀抱,哪怕是投入几分钟都比没有要好。在这里,你可以避开人世的浮躁,抛开功名利禄,把社会派给你的面具摔到一边去。财富于孤独无补,因为孤独本身就是一种精神财富,贫富都可以享用。你孜孜不倦以求心灵的开掘,以得精神的饱满,这还不好吗?

爱因斯坦曾经把自己关在屋子里,许多天不见人,每天下楼弹钢琴,尔后上楼,再下来,把几张纸扔在桌上,说:"这就是相对论。"他的脸苍白憔悴。这就是孤独的力量。

我记得茨威格写的一篇短文,写一个宁静的小墓,它是那么普通平凡,甚至连墓碑都没有,白桦树在上面轻轻地摇动,它就是托尔斯泰的墓。这是孤独的魅力。

人都是要死的,死便是一种长久永恒的孤独。现在孤独,是我们做的一种预习。

孤独是美丽的,能享受孤独是你的幸运啊。

好长时间我不明白,为什么我们不少作品,写到孤独总用凄凉惨切的笔调,总用阴冷灰暗的颜色,为什么不能换换笔调?至少有一部分孤独是蕴含暖意的,可以添上绚丽美妙的颜色。

潇洒走一回

对于岳父，我早就想写一点文字，现在已过了他的祭年了。

如果不因了他的死，岳父在世人的眼里，可能是很平常的了。他不过是一个一辈子兢兢业业的人，一个受工人尊重的技术厂长，一个酷爱读书的人，可就是因了他的死，这一切起了变化，有了一层别的意思。

和平年代里，死总是叫人伤心。我想，死是人生的最后一幕，灯油将尽的一刹那，会将一生的历程照亮，境界的高低，可以从中窥见一斑。夜里偶然想到我到那一时，自以为要坦然很难。当然我也见过一些人，健康时谈死容易，可真到和死照面了，是那般的哀苦绝望，恋着人生不肯撒手。

岳父是到国外去考察，回来后突然发现患了绝症。他的两个儿子陪着他走遍了上海的大医院，已经是晚得不能再晚了，没有一点手术的可能了。小辈都又惊又急，病成这样，就没有一点反应，他怎么就整天忙在厂里，不想到自己？我领着六岁的儿子回上海去看他，他明显地瘦了，脸上罩着病的阴影，可是依然谈笑风生，说国外和厂里的情况，还俯下身去同我的儿子对话。

岳父的病发展得迅猛，医生说最多是几个月的事，他似乎都明白了，现在我想他不是没有一点恐惧的，但他是一步步冷静地向死走去的，所以后来就有一种飞扬的精神。在病房里，他闲暇了找病友谈心，还有就是看书，我想他最大的财富就是书了。平时他一有时间就上书店逛书市，虽然他干的是技术，可买的大多是文化书，买好后写上购书的日期，他是打算退休后好好看的，我想这是他最大的遗憾了。

这段时间他把遗嘱写出来了。他写道，他平生最讨厌的就是所谓人生最后的大典，追悼会一定不能开，人现在这么忙，赶来赶去，劳民伤财。到了最后时刻一定不要抢救，不要浪费医药，不受不必要痛苦，实行安乐死，在这里先写明。我不记得当时看到的心情了，直到现在想起，我还是心绪难以平静。他还写道，骨灰撒掉，撒到他的故乡和常去的地方。三个子女早已自食其力，他放心，一点积蓄留给妻子。还写道，有的亲戚朋友在火化后十天通知，有的在一个月后通知，还有的则可在五十天后告知。他依次写出了名单，让小儿子实施。

岳父的死却出乎意料地平静，这在绝症病人中是不多的。吃了中饭他还到隔壁房间和病友谈天，睡到床上，忽然不行了，抱住他的大儿子，静静地去了。

他的后事几乎都是按他的遗愿办的。大殓那天，只来了自己家里一些人，还有的是厂里的几位领导，同他们朝夕相处的朋友告别。离开的时候，听到一间追悼厅里放出歌曲，却是《潇洒走一回》。我想这是殡丧的改革吗，岳父正是合了这题目，他没有歌中的轻快，却有歌中的飘逸，又多了歌中所没有的凝重。愿他不畏死的灵魂在天国里安详、宁静。

数　钱

鲁迅先生在《朝花夕拾》中写道，忽听鼠的索索叫，是它大难临头了，推开屋门看，一条大花蛇正向它游来，绍兴话把这鼠叫声叫数钱。不知我怎么会用这个词来作文章的题目，我觉得把鼠的绝望的叫声说成数钱，是真切而又幽默的。这是绍兴人的深刻，似乎和我文章的内容无关，又似乎有些关系，因为都牵涉到生存。

回想小时候，很怕的一件事就是听见父母亲讲钱。你想，孩子正在天真烂漫的时候，以为世界和他一样，也是鲜花盛开，忽然听父母愁眉苦脸地数钱，一元一角地数，而此时孩子蒙鸿初开，这一课就上得黯淡。那时是"文化大革命"，我的家遭到毁灭性的打击，几乎是吃了上顿没有下顿，自然家中就要"数钱"，我的心就特别的酸。我不知道这可怕的恼人的声音为什么一定要钻进我的耳道里来，要是世界上没有这种劳什子该有多好。孩子是该需要什么而自然有什么的。我必然要躲到门外去，眼泪慢慢涌出来。我像个幽灵一般在马路上游荡。

现在回想起来，实在是孩子的稚嫩、脆弱。但再一辨味，大人就一定不脆弱了吗？我们见过许多为钱而烦恼痛苦的人，一文钱憋死英雄汉，英雄是指大人。做孩子时怕大人数钱，当了大人却又忘了这事，或者并没有忘，但迫于生存却有意无意地把数钱声送进孩子的耳道里去？这样的大人是不够格的。够格的大人是硬着心数钱，却绝不肯去伤孩子稚嫩的心，当然教他懂勤俭是另一回事。

其实数钱有形形式式。有林家铺子的林老板式的数钱，有吝啬鬼葛朗台式的数钱，当然还有暴发户的大把大把地数钱，神情颇是骄奢。还可以想象赌徒一掷千金，押上身家性命的形象。自然我们也见到企业家创业伊始如何数钱集资，展开鸿程之路的。可以说，自从有了钱以来，人在社会上很难逃避和它打交道。

钱在手上，数和不数是不一样的。可以设想一下，倘我幼时，尽管可以断顿少吃，如没有父母的凄凄惨惨的数钱，我心就不会这样酸，也不会今天还留下抹不去的记忆。我认识一些做股票的朋友，碰上大熊市，输得脸都青了，哪天都要输个几千上万，因为采用电脑控制，直接从账上划钱，所以很容易输得呆木。一个朋友说，要是不划账，而是要数钱的，一百元一张的，一叠叠往外数，数出半麻袋来，你看他心里像不像刀割？数和不数委实两样，一数就把抽象的变成具体的了，利于直观，便有惊心动魄之感，怎样麻木的股友都要出一身冷汗的。这就是反现代电脑，原始做法的好处。

我想，钱该数的时候还是要数。不管是悲还是喜，不管是手数还是心数，数过的钱在心里留下痕迹，就可以花得比较值。

同王蒙游泳

我没想到会在这里遇上王蒙,也没想到会同他单独去游泳。

夏天,我带儿子去北戴河的创作之家疗养,王蒙就住在对门房间里,在这里写他的长篇小说。我们抵达的那天天气不好,早晨雨很猛,一个上午,雨始终不停,到中午,雨才收住了脚。下午,我穿过院子,正见王蒙从楼上下来,已经是一副游泳的打扮了。他兴冲冲地问我:"去游泳吗?车子送我们到海滩去。"我也是一个游泳爱好者,当即兴奋地回答:"去,去。"这时,一道亮丽的阳光从云层中透出来,正好把我们和院子中一块地方照亮。有一辆半新的小车开过来。

我三步并作两步往楼上跑,进了屋,儿子正躺在床上,悠悠哉哉地看电视。我说,快,马上起来,现在就去游泳。他还留恋电视,问,现在就去吗?我说,就现在,车子在下面等着呢。他这才起来,我们忙乱一阵,赶到院子里。这时王蒙一直站在车边上等,见我们来了,才钻进车子里。车子开到一个相对僻静的海滩。小车停在路的一边,我们下车来,王蒙把外边衣服脱了,扔在车上,穿着泳装,赤着脚，利利落落的，穿过石子路，走到海滩边。我和儿子不行了，我们没有这样的准备，抱着一堆衣服和相机、毛巾之类，放在沙滩上，又不放心，再去找存放站，前前后后费了不少时间。而王蒙却一直站在海边上，看了海，扭过头等我们。

儿子先到海边去，不知为什么，这个十二岁的小伙子没有朝王蒙走去，而是走到离他十多米的地方，假惺惺地用一只脚戏弄水。我走过去，大声喊他过来。他期期艾艾地走来，眼睛仍然朝别的地方。我说："他知道你当过部长，有点不自在。"王蒙笑得极具智慧："不会吧……"实话说，我也不知道这是不是答案。

下水了，我禁不住打个寒噤，因为下雨，海水变凉了。王蒙一边划动着手，一边向海里走去，说："今天比昨天好，昨天的浪太大了。"我抬眼看，深色的海浪从天边慢慢地向这边涌来，不汹涌，却十分地沉着。他又说："现在冷，游一会儿就不冷了。"这时海水把我们腾起来，我一下一下地划动手臂和双腿，心中生出一种异样的感觉，甚至带有一点惶恐。那天海上没有几个人点，更显得我们有些孤零，再看头上，灰蒙蒙的天似乎要压下来，仿佛这个世界只有海和天，我的恐惧就从这而来。老实说，我好些年没到海边来，平时也缺少锻炼，游一阵就有些喘，感到胸口发紧，而那天的海却显得有些恐怖。我忙游到浮筒边上，那些浮筒是用长绳连起来划开区域的，我趴在上面，才觉得气顺过来。

我掉头去望王蒙，他正在海中沉着地游动。他没有去找浮筒。他游得并不快，或者不需要快。他一会儿蛙泳，一会儿仰泳，一会儿手脚在水里随意地动动。他的身影一会儿不见了，被海浸没了，一会儿又浮在浪尖上，显得非常地自如。可以说，他在鱼的世界里获得了人的自由。游到拦鲨网，他也不休息，又悠悠地游回来。我忽然想到他已经六十五岁了，在中国人传统的眼光里，应该是持重的爷爷了，是端起架子的爷爷了，何况他又是做过大官的。不过，生活中的王蒙似乎不是这样，而海中的王蒙大概更为本色，就像器物的表现都要特定的环境一样，海中的王蒙，在我的眼里是这般质朴、烂漫、富有生命热情。海无疑是适合他的环境。

因为水冷，我们游到防鲨网，回来，再游过去，两个来回就不游了。后一天下午，我的儿子同小伙伴玩，没有去，是我单独同王蒙去的。那次，他在海里接连游了五十分钟，没有中断。

我先上岸了，当他从海里上来的时候，我伸手拉了他一把。因为除了游泳裤，我们两个都是裸着大部分的肌肤，所以我感到了生命和另一个生命的接近，感到生命和大自然的接近。

他说，只要可能，他每年都到海边来，来了就游泳。他出访过世界上许多地方，只要那边有海，他都下水游泳，夏威夷海、地中海、日本海、澳洲的海……

他还说，他在新疆的时候，那边有湖，湖边上有个山包，从山包上往湖里扎的都是十来岁的小孩，他一个五十来岁的人，也混同于孩子中，在呜里哇拉的喊声中，从山包上往水里扎。

大学毕业后不久，我读过他的一篇小说。我说："我想起你写过小说《海的梦》……"他一笑："是呀，《海的梦》……"

现在，我找来了《海的梦》，抄下句子：

"大海也像与他神往已久，终得见面的旧友——新朋。她从没有变心，从没有疲劳，她从没有告退，她永远在迎接他，拥抱他，吻他，抚摸他，敲击他，冲撞他，梳洗他，压他……"

我想，人或许需要一个特定的磁场，一个园地。在这个园地里，他可以更新他的精神，获取他的生存力量，尘世间带给他的种种烦恼、困惑、苦痛、诱惑统统可以在这个园地里洗涤干净。这个人是定时要回他的园地去的，如果不能去，他就在梦中神往它。

我还注意到，小说中的主人公从来没有见过海，在这之前，五十二岁的缪可言同海还没有任何接触。这就是说，他的精神园地是他自找的！

接下来，我又同王蒙单独游了第三次。

下一次，我找了《小说评论》的李国平、北京军区的王培静，请他们一起去。小王是个老实人，问我："人多了，王老师会不会不高兴？"我有些犹豫，说不会吧。当王蒙听说有新的朋友愿意一起去，愉快地说："行，车里坐得下就行。"

人多了，气氛就热闹了。他们两个都比我游得好，尤其是李国平，在大学游泳队待过，蝶泳、自由泳都很到位。他在海里挥臂施展时，我们都感到了享受。那天天气特别好，海也非常宁静。

我们回归沙滩休息的时候，王蒙说，他现在不游到防鲨网以外去了，倒也不是说一定会碰上鲨鱼，就是怕万一有个手脚不利落，在海中游泳就怕抽筋，万一碰上了，脑子里就哇一下……说到这里，露出了他独特的幽默的笑容。我们都笑了。然而，我却感觉到他的某种敬畏，就是在他的精神园地里，他还是有所敬畏的。我以为，在这大千世界里，对某些事心存敬畏，正是一个思想者的特征。

上岸后，由于交通规则的原因，车不能开过来，只能停在马路的对面。于是，我们穿着泳裤，身上挂着湿漉漉的海水，穿过石子路，穿过北戴河的马路。这时，王蒙说了一句调皮话："渤海四壮士。"

我写这篇短文时产生一个想法，我们在过去很长时间内，往往只注重一种人格类型的描述和提炼，那就是鲁迅的人格。而忽略了其他人格的描述、塑造，比如茅盾、冰心、老舍、巴金等等，如果说有，那也不够具体，没有好好地展开。这样，在我们进行人生价值争论，引用人格例子的时候，往往陷入非此即彼、非黑即白的尴尬境地。而我现在想的是，我们不仅需要国魂，而且需要生动多姿的各种有价值的人格的描述，在这方面，我们应该做到无限丰富。

王蒙比我们晚两天离开北戴河。在我们离去那天上午，他放下手中的笔,到院子里来送我们。当车启动时,他高声说道:"明年海边再见!"

我以为,在过了一段尘世生活之后,王蒙会回到他的园地里来。

晓声先生，有福了

高晓声先生去世时，我就想写一篇文章，却没有动笔。近半年过去了，我最初的想法却没有因时日而有所削弱，心中的情感仍如火一般，我知道，是时候了。

我和高晓声住同一幢楼，前后算算，约有十年，他在二楼，我住六楼，虽说见面的机会不算少，但我仍不敢说对他有十分的了解。然而，又有谁能说对他十分的了解，又怎么做到十分的了解呢？窥一斑而知全豹，我自以为能把感知的触角伸进先生幽秘的心地。

我知道，先生的肺在三十多年前就切掉一大半，他就用这残存的肺呼吸，支撑起身体，写出一系列短篇精品，如《陈奂生上城》《李顺大造屋》《钱包》《鱼钓》，这是不少肺完好的写作人都要自愧弗如的传世之作。写到这里，我恍然见了先生的形容，在一盏孤灯的桌前，身子略歪着（是肺部切除的缘故？），他写写就要停下，为的是理顺呼吸，得到创造所需要的氧气。我想他这时一定痛苦，一定焦虑，艺术的分娩和自然的分娩是同一件事，然而，妨碍他分娩的不是别的，是他的身子，孤独的灵魂一定在追拷不争气的身子。

现在，我似乎听到似用拳头敲击空墙壁一般的咳嗽。不过，他很快就坦然了，生活在他心中展开了真实的严酷画卷，他听见了发自心底的声音，这足以叫一个杰出的作家宁静。

好些年前的事了，一家杂志社的朋友到南京来，请作家聚一聚，吃饭时，已经喝上酒了，问他还要喝什么，他说，女儿红，他就喜欢喝绍兴产的女儿红。大家都笑了，老高喜欢女儿红，怎么还不上啊？女儿红，这个名字好，有气氛。当时我以为，女儿红不过是一种酒名，高先生爱喝女儿红，是一种巧合。然而，当我看到老高故事的最后一幕时，忽然意识到，这是一种暗合，天地的暗合，日月的暗合，至少也是一种潜意识。果然。

晓声先生静静地躺在大厅里，厅里站满了人，都是他的亲朋好友，是同行和敬慕者。这是一个人上天路的仪式。我早已听说了一个故事，一个动人的故事，已经悄悄地传开。知情人对我说，老高已经有一个伴侣了，是一个他作品的热爱者，还不到三十岁。他们已经爱到难以割舍了。如果不是心肺病突然夺走老高的生命，他们就要登记结婚了，作协组织也有所安排。可是——可是后面是漆黑的、永远的休止！当我们在为这哀切的时候，却有温暖的消息可以告慰。在老高最后的时刻，那个女孩一直陪伴着他，喂水端盆，时刻在他床头，几十天没有离开一步，还为他精心挑选了上天路的衣服。她没有别的要求，只要高晓声的一套书，他的全部作品。作协党组在场的同志都感动不已。我想，莫非这就是"女儿红"？

知情人忽然对我说，她也来了，你看，就在门边上，后面那一个。哦，我看见了，很秀气的一个女人，个头挺高的，戴着眼镜，穿着同样颜色的衣服、长裙，上面有着点点滴滴的星雨。她的眼睛早已肿了，眼里仍然饱含着泪水，目光只向着一个方向，晓声先生静静躺着的地方。因为没有名分，她只是站在最后一排，站在一个最不起眼的地方。可是满厅的人都在她的目光中消失了，只剩一个人……

　　我的眼睛湿润了。一个老年的灵魂去了,另一个年轻的灵魂却精心呵护他,护送他,目睹者能不为之动容吗?古代的先贤庄子死了妻子,鼓盆而歌,流传了两千多年,或许死不是一件可怕的事。

　　在我看来,目睹一个年轻的灵魂护送另一个年迈的灵魂上天路,就像观看天宇间百年一遇的星辰奇景一样有意思。

　　晓声先生,有福了!

到户外去

户外这个词，现在对不少人来说是越来越生疏了。当我们被无穷尽的大厦高楼封闭、隔绝的时候，当我们的活动越来越限于歌厅、舞厅、弹子房、酒店、包厢等等处所，而且误以为这就是我们整个生存空间的时候，重提"户外"这个词，不是可以感到一种新鲜的充满活力的气息吗？

曾经有人向我介绍一个钟点工，替我烧一顿中午饭，顺便做点家务。她是农村人，和丈夫出来打工，丈夫在一家歌舞厅值夜，晚上他们就一起住在包厢里。我曾经和她开玩笑，包厢一个小时就八十元，你们天天夜里睡在里面，不知怎么奢侈呢！她也咧嘴笑。通过她，我知道有一些人是除了上歌厅舞厅以外，就没有别的事干，他们的整个生活内容就是跳舞听歌，喝酒玩耍。我便窃想，那包厢的窗是终年封闭的，阳光照不进，又没听说消毒之类，要是客官再不自觉，污物痰迹之类不都在里面吗，黑洞洞的谁看得清呢？于是开始对钟点工有戒备。凭良心说，她做得很不错，菜也烧得好，但我的疑心没法消除。

以上说的是一种人的生活方式，如果仅是为数不多的一部分，那也没什么了不起，但如果社会上许多人都受这种方式影响，都开始对户外生疏、隔膜，那我们不应该感到一种潜在的忧虑吗？

人，作为一种高等动物，和大自然有着血缘的联系。鸽子如果被关进笼子，不飞上蓝天，那怎么想象都没有和平鸽的含义。对野生动物最好的保护，就是让它们回归自然，这是它们的节日。奇怪的是，我们往往对这个保护，那个拯救，却偏偏忽略我们和自然的关系。在人类发展的漫长历程中，大自然从来就是我们赖以生存、繁殖的唯一温床，它留给我们的是亲切无比的回忆。所谓到户外去，就是增加与自然接触的机会。

我不由又想起那些成天泡在舞厅娱乐室内的青年，除了娱乐、娱乐再娱乐而外，他们从中能获得多少对于他们成长有益的知识和本事？作为调节不坏，但不是一门主课。说句武断的话，不见阳光，不和自然拥抱的人是长不大的。在潮湿的蒲包底下捂出来的豆芽儿，大家都没少见吧！日本人想出来的卡拉OK，不失为一个聪明的游戏，但如果大家一哄而上，依葫芦画瓢，天天千篇一律，乐此不疲，那就太狭窄了！

其实户外的概念是非常广阔的。现代文明把自然和我们日益分离开，越离越远，但也不是没有办法补救。具体说，踢毽子，跳绳，游泳，爬山，划龙舟，武术都是有意思的活动。不少媒介都报道了城市中的露天舞会，我以为这是一个可贵的革新，把交谊舞带到阳光和星光之下，有益于身心健康，其实这已是一个群众性的和自然拥抱的活动。我这里特别提到风筝，是个男女老少都宜的活动。孔子曾问他的弟子的志向，最合他意的是子路："莫春者，春服既成，冠者五六人，童子六七人，浴于沂，风乎舞雩，咏而归。"这是一幅多么心旷神怡的图景。放风筝就能有这样的情趣，那个时候空中满是五彩的鹞子、蜈蚣、蜻蜓、苍鹰，当你手牵的风筝飘拂在高杳的空中时，你也仿佛上了天，融化于无边无际的自然之中。

走出都市樊笼，朋友，到户外去！这么多的人，怎么就不能创造一个我们自己的活动或者游戏？

娶小妻刍议

近来我听到消息,某某人又结婚了。他四十大几,妻子比他小二十多岁,他的女儿愤愤地责问他的小妻,全是你,把我的爸爸夺走!原来他有空就来陪我,现在我一星期都见不到爸爸面。小妻无言以对,只能回避。我想那人是私营老板,不算稀奇。

也有一人结婚了,丈母娘比他小一岁,丈人比他大两岁。那人是艺术家,本来就放荡不羁。又有一人,是工人,同前妻离婚没两年,也结婚了,娶的也是二十来岁的女孩子。一二不过三,我着实惊诧了,莫非这变成不大不小的时髦了?

其实娶小妻古就有之,那时候妇女居于从属地位,她找的是靠山,是大树,是吃饭穿衣的主,所以年龄上要吃很大的亏。但是,近来有科学家公布研究成果,男的年龄大,思想成熟,具有丰富的智慧,女的小,身体条件好,养出来的孩子就聪明。孔子出生时,父亲已经六十岁,母亲刚二十岁。这些特例虽然有趣,大概也是不经意造成的,让有志向的科学家继续研究吧。

我也有所了解,那些人的前妻一般都没有再婚。她们内心的不平我们可以想象，她们的窝是被比她们小二十岁的女人占据的，她们的愤恨有充足的理由。然而经过时光磨洗，她们大都变得坦然和坚毅，她们仍然精心抚育着她和他的孩子，更多的时候她们是一人默默独语。这些人是蚌病生珠，在深深的海底闪出独特的光亮。

至于那些嫁给老丈夫的小妻，她们都有各自的动机。在光怪陆离的社会里，这些动机不管和金钱有没有关系，都是她们自己的权利，我不想在这里评判。我感兴趣的是，这种现象的过程和结果会是什么呢，能不能造就"伟大"的爱情？这里我暴露自己一个秘密，我的父亲就比母亲大二十一岁。我的母亲在我三十八岁的时候，对我说："我没有办法，我只能嫁给你的爸爸，你的外婆对我说，湘影啊，明天的米没有了，房东今天就要来收房租了！"我不说母亲的动机是不是高尚，那都发生在我以前，是我的史前时代。我想陈述的是我亲眼看见的事。

我的父亲是美食家。三年自然灾害时，每逢星期日，母亲三更天就起床，一个人跑到郊区，到小镇上去替我们收购鸡鸭鱼肉，那个年代割资本主义的尾巴，这是绝对禁止的。母亲像个地下工作者，她在星光下的收购同获取情报一样紧张而重要。回家来，她烹饪这些好东西，最好的总是父亲享受，其次是我们众多兄弟姊妹，剩下才有她的份。父亲老了之后，他的衣食起居，冬暖夏凉，时时都在母亲的心里。父亲临终前，她多少个日夜没合眼，我们七个子女加起来的悲恸，还超不过她一人。

当然，我上面提到的小妻也会成熟，她们最初的动机很可能会变，连年龄造成的生理障碍都不是问题。但是，现代社会的变化快得惊人，我还是要问，她们可能像我母亲当年一样吗？在这个问题上，我不乐观。那些娶了小妻的大男人，那些嫁了老丈夫的小女人，仔细！

头发断想

今天，头发已经悄悄地成为我们生活中一项至关重要的内容了。说这话时转身看看，说不定你就站在一家发廊门前。头发在中国历史上曾经是性命攸关的，满人入关，汉人一律留长辫，到洪秀全造反，却是留发不留头，留头不留发，头发和脑袋放在同等的位置上。以后头发又被人忽略了，很长时间内，头发长了，仅是剪短而已，只到今天，忽如一夜春风来，千树万树梨花开，满目都是发廊发屋了。

人身体里长出来的东西，最容易改变面目的，就数头发了。指甲也容易改变，涂什么颜色都可以，不过这是女人的专利，男人少有染指。而头发就不一样了。且不说少男少女，如何染黄染红，染成草绿色，把它变成道具，酷得叫你发呆，我这里只讨论把变白的头发染黑，也就是说，通过改变头发让人看起来年轻。

现在染发是很普通的事了，如果你头上已生华发，只要在发屋里呆一个半小时，出来保证你头发乌黑生光。如果现在看人只看头发，把额头底下全部省略，那很可能把许多人的年龄搞混，要是这算伪装，那也是善意、美丽的伪装。可是往下看就不行了，脸皮这东西就不那么好伪装，虽然可以割眼袋，可以除皱纹，但效果要比染发差多了。所以，上年纪的人虽然染了发，但也只是局部伪装。然而人类技术的进步是日新月异的，很可能用不了太久，我们就可以把经了风霜的脸皮弄得同年轻人一样。设想某一天，老外婆的脸突然同少女一样了，那我们一定会大惊失色，叫她老妖精。但这是我们现时的想法，很可能那时的人见怪不怪，已经习惯，那也未尝不是好事。

这么看，人们只要得了机会，就会想尽办法，延缓衰老，对抗自然法则。而在这里，无足轻重的头发，却充当了先锋。

但是，事情不会一帆风顺，染发虽然容易，但对谢顶的人就行不通。等到可以改变脸面了，身子的其他部位怎么办？就算到了能把身上每个地方都搞成新的（我们读到过报道，西方就有人酷爱拿自己身子开刀，把身子当作艺术材料，隔一段时间就要动大刀），那么心灵怎么办，不会对自己疑惑吧？我想，总有一个地方，会露出麒麟皮下的马脚来。所以我们还是低调好，把它当作游戏，一种美化感觉的游戏。大自然要实施它严厉的法则，我们却要抵抗，最终自然法则一定胜利，可是我们在最后失败之前，总要努力、努力。所有的趣味都在这里。

写到这里，我忽然想到英国的上议院。以前我不明白，为什么所有的议员都戴一顶金黄色的发帽，现在我想通了，同我所说的染发的作用一样。你想，议员很多都上了年纪，而秃顶的又那么多，只得委屈头发好的了，干脆都戴一顶发帽，一律戴上，不搞例外，看上去庄重和谐，彼此多么容易接近啊。我想关于头发的妙用，生活中还有许多，不管你相信与否，都可以到生活中来找。

关于蚊子

昆虫之中,在我看来最可恶的是蚊子了。我这人特别招蚊子咬,几个朋友一起睡觉,蚊子首先进攻的必定是我,所以,我私心里想别人就不见得有我这么深恶痛绝的。这可能是因为我是 O 型血,蚊子就喜欢 O 型血,报纸上见过这一说,或者就是被叮咬的人血香肉香一类的民间说法。

人类在进化,进化的标志我们看看周围就知道。蚊子也在进化。我同样在进化,表现为由不怕蚊子咬到比较怕蚊子咬,再到非常怕蚊子咬。蚊子的进化是非常鲜明的,小时候记得自然老师说过,蚊子是飞不到四楼以上的,所以中学里造了一幢四层楼的新教学楼,我们都高兴,以为高高在上,蚊子奈我何者,事实也差不太多。可是现在的蚊子就本领高强了。前些日子我在外地一幢楼的十三层睡觉,晚上还是给蚊子咬得浑身乱搔,第二天让朋友带来蚊香,晚上才安然无恙。左右思想不甚明白,蚊子何以飞得这么高,突然大悟它是乘电梯上去的。其次,过去的蚊子似乎都孱弱,大有蚊蚋蝼蚁之辈,浮游尘世的意思,现在都强壮起来了,而且大部分脚都花杆,花杆者是它们适应环境、优胜劣汰的结果，而且蜇起人来，就像替你打针。

过去人们并不把吸点血看得很重，可是医学要发展，我们被告知，蚊子传播乙型脑炎、乙肝等等，及一些不很说得清的血液病毒。医生打针是替你治病，它打针是要你生病，就此一条怎么能让它和人类共存？于是我们见到了许多的杀蚊广告，生动形象的图画和朗朗上口的广告词，可恨的是它倒也和我们一起进化来了。可见世界有时并不按人的意志行事。

周作人的散文中，有一篇写到苍蝇，引外人的文字，道："你看它，正在搓它的脚呢。"很有些观赏的闲适情绪，民间早有饭苍蝇和屎苍蝇之分。我就不知道有没有人这样闲看蚊子。记得一篇文中看到过，说它嗡嗡叫，一边吸你血，一边说着你该给它吸的道理。这是说它恶毒伪善兼而有之了。如果往好处替它说，它这么嗡嗡地来，就算给你发的警报，像敌机来时发的声音一样，我们不是睡死了，还能有点手段。这同咬人的狗不叫不一样。

蚊子在它饥饿的时候如何的身手矫健，在空中划着圈，我们的眼睛都跟不上，它们又是非要喝饱吸足不可，到这时它们步履蹒跚，一步一喘，趴在墙上不动弹，老太打它都不出差错。我想也是给人类一个比照，什么时候都不要吃得肠肥脑满。

前些日子在报上看到一条消息，说美国人发明用激光消灭蚊子。蚊子和人一起从刀耕火种过来，一起进入激光时代，将来还要进入什么时代呢？很可能它是消灭不了的，一直要伴随人类。这是造物主始终不肯让人类太安宁，太自在。（其实人类的危险和困惑还很多，比如环境污染、臭氧层破坏，所以我对闲适之类总是将信将疑）。就是蚊子消灭光了，也会有其他虫子出来，只是历史要比蚊子短。我们的进化是越来越知道蚊子的危害，蚊子的进化是在它将遭灭顶之灾前突然逃脱。两边都在发明，都在比赛。这样尘世间才纷纷攘攘，才热闹非凡，才不寂寞冷清。

好吧，让我们继续来。

习　惯

　　寻章索句几十年，一天空下来想，觉得自己的习惯有点稀奇。我不抽烟，不喝酒，不下围棋，不熬夜，不打麻将，不会讲荤段子，家中最恨人乱扔东西……照有些人的眼光看，肯定属于不懂享乐、不够洒脱的男人，岂不知这些都是我的生活经历铸成。

　　我曾经在黑龙江农场度过十年，男知青中绝少有不抽烟的，但我却没有抽过一口烟。我们住的是南北大炕，一个屋子里住五六十人，没事做就抽烟，屋里烟气腾腾，就跟澡堂子一样。开始时我说我不抽烟，闻者都嗤笑，以为天方夜谭。一年过去了，我一口都不抽，两年过去了，依然。他们熬不住了，一次聚餐，几个人摁住我的手脚，把烟塞进我嘴里，硬要点火，还是好朋友给我解的围。我没有其他想法，只是想试试，我做事情有没有毅力。后来他们斜躺在我的对面，一口一口地吸，表演各种各样的吐烟圈，做出一副骨髓里都惬意的姿态，他们说，男人不抽烟，白在世上活了。我淡淡地笑。再后来，他们不缠我了，知道我花岗岩脑袋，知道我甘心在世界上白活。不过，不抽烟不等于不吸烟，在那个"澡堂"里，我始终在被动吸烟，前后不少于六年，直到我进了农场宣传科，住进小房间。

对于酒，没有对烟那么果决，偶然还喝几口。但我喝相不好，喝两口脸就红得像鸡冠。而且我从来没有弄懂酒有什么好喝。但黑龙江是喝酒不要命的地方，每年农场春耕秋收都要喝死几个人。等我进了宣传科，碰到的酒局特别的多，有时能够赖掉，有时就不行了。一个新领导上任，拎着一个酒瓶过来，拍拍你的肩膀，你敢不喝？那就是不想配合新领导，以后跟你过不去。

讲到围棋，可以告诉各位，我有可能成为一个不差的业余棋手。"文化大革命"后期，我的一些青年朋友成天钻研围棋，他们在上海一家公园摆擂台，打遍上海。他们下棋我也看，但从来不学，原因很简单，那时我热衷于关心国家大事，只要找得到书，拿来就看，还啃哲学著作。不学围棋是因为没有时间。

至于早起早睡，那是我在黑龙江养成的习惯。不是要我们做农民么，农民就是日出而起，日落而息。高考恢复了，我还在农场里，跟几个决心中榜的秀才，天天三点起床，没有电，就点蜡烛，但那时蜡烛少，小卖部还买不到，好不容易买来了，不敢浪费，几个脑袋凑着一朵暗红的火苗，谁的呼吸大一点，那火苗还会摇晃半天。早起的习惯就是这么养成的，我现在怕出去开会，尤其怕同房间的人是个夜猫子，如果他午夜还不睡，我基本完蛋。只要过了凌晨一点，我这一夜就别想睡着，试过几次，无一例外。

不举例了。抽烟、喝酒、下围棋，似乎是一般文人的嗜好。所以，我疑心自己应该是搞哲学的，或者是搞数学的，我在小学里特别迷恋数字，后来去黑龙江，手上没有一本数学书。不过回过头想，我写文章也不是无缘无故，走南闯北，器识天下，这大概是最好的收获。经人世四十几载，不讲阅尽春色，一些关节要害还是看得明白。有时看人表演，心里发笑，他的下一步棋我能想到，只是不愿附和,我喜欢鲁迅的一句话:"不计较利害关系的是真知识阶级,计较利害关系的是假知识阶级。"这是做人的圭臬,也是最艰难、最不易的。再回到习惯上来,我知道我是不会改了,没尝过滋味的也就不尝了,该早起的还是早起,由他去吧,这没有什么不好。

进门脱鞋说

一日到前辈忆明珠家里去,谈起进门脱鞋,居然有同感,都说可以写一篇小文章。

引起我感慨的是一件小事。一年寒冬腊月,我随朋友到一人家去,大概是谈公事。进门就要脱鞋,我是后进门的,偏偏到我这里,布拖鞋没有了,主人从旮旯里拿出一双塑料拖鞋,就手扔在我面前,我只好硬着头皮穿上。他们高谈阔论,兴致浓郁,我却在这里受刑罚,两只脚像浸在冷水里一样,还不能走,因为是生客,又不便做不礼貌的举动,只好嘴里吹气,总算熬到结束,两只脚才从"冷水"中拔出来。这次事故我一直想忘掉,却无法如愿,所以对进门脱鞋总有点小感冒。

我以为,进门脱鞋是文明进步的行为,至少是一部分人在寻求文明进步。你想,他要建立一个卫生的合乎生存的领地,当然要把他的居室搞干净,可是他又免不了和社会交往,少不了要请客人到家中来,所以就有进门脱鞋。不过,我以为进步的事情也要做得稳当,不然会有这样那样的尴尬。比方说,一位小姐进门,她一身打扮都是经过艺术考虑的，那双鞋的色彩款式是精心搭配的，你却毫不留情地叫她脱掉，换上一双呆相十足的拖鞋，总有点不对。如果那小姐穿的榔头鞋高跟鞋，是为了加高身材的，你非扔出一双平底鞋叫她换，不是露出本真了吗？由此看难题确实不少。

古人进门有免冠，没有脱鞋。免冠是礼貌，脱鞋是清洁卫生的需要。从这里似乎可以看出国人从务虚到求实的变化。然而求实不等于不留空隙，不然成了僵了的死面疙瘩。大凡叫客人脱鞋者，脑子里有意无意都有一个意识，外面太脏，家里太干净，两下有天壤之别。也即大环境和小环境的区别。这没有什么不对，世界上的一些发达国家，鞋子可以穿到沙发上去，这一方面是因为他们打扫得起，另一个重要的原因是大环境好。如果我们有些朋友小环境内苦心经营，大环境中随意糟蹋，那就不太好。举一个身边的例子，我住的那幢楼，过去楼道里太脏，用不上的旧东西、脏东西全堆在拐弯角，走路都要碰上，不用说搬一个东西上下楼了。来一个朋友看我，我脸上都害臊。后来我们粉刷楼道，彻底清扫，不要的就清理掉，楼道焕然一新，大环境和小环境的距离就缩小了。

在没法根本改变大环境以前，进门脱鞋不失为一个办法。中国有句话，叫入乡随俗，我再添一点，叫入乡随俗听客便。客人喜欢脱就脱，喜欢不脱就不脱。自然主人可以提供各种方便，比方说，可以备上一些鞋套，像一些古文物参观地所用的那种，但不单调，可以有各种颜色各种款式，任男女客自选。也可以辟开一个地方，比方客厅，不换鞋就可以径直进来的，一般客人谈事就够了。如要进正室，那就委屈了，当然也可以脱鞋，但是不要忽略鞋子的质地，可不要让客人遭我曾经遭受过的脚浸"冷水"之苦。或者爽快一点，鞋底擦一擦，直接往里进。

厨 房

厨房是我们熟悉的地方，谁能说自己和厨房没有关联，可是喜欢厨房，乐于进厨房的人，恐怕只是我们中间的一部分。

我搬进现在的房子已有六年了，当时由于申请住房的人多，便重新布局，把盖好的房子再改小，所以我家的厨房特别狭窄，我对它也不经意，几乎没有装饰，几年下来窗台墙壁都蒙上不薄的油腻。我的小妹在美国开饭店。她说她的饭店每晚关门之后，都要在厨房里清洗几个小时，每天都要打扫得和餐厅一样干净，第二天才能正常营业。联邦卫生局随时可能抽查，不合格就要停业。

我怦然心动，于是每到一处吃饭，总偷偷进厨房窥视一番，基本都是失望，有的简直脏腻得插不进脚。可是脏归脏，端上来的东西却是色香味齐全，引人开胃。现在都市流行大排档，一入夜，这里升火冒烟，那里锅勺丁当，街头飘香，地上五色的水流淌。我对朋友说，我有一比，夜里的都市像一个厨房。时隔不久，我和一个在宾馆厨房上班的青年谈天，顺便问起他们那里的卫生，他便诡笑着摇头，不由叫我心生疑惑。此外也听到别样的传闻。

我忍不住要想，东方盛行美食家，是否精美细巧的食物都要从脏腻的地方出来。真是这般，倒也有意思。那大概是厨师的心思全在菜点上，这里刀功，那里火功、炒功，还要细细琢磨形象、色彩，就没有心思用在厨房卫生上，如果照《红楼梦》里的茄子的做法，更不知要花多少工夫了。搞卫生就要请另外的人，可是现在讲究效益，不能多用人。管他呢，端出来的菜好吃就行，眼不见为净，你是来吃饭的，又不是来检查卫生，目的性要明确。果然，大家吃饭的时候，我看各位正襟危坐，很少有像我这样在厨房门口张望的。至于大排档的厨房在明处，那就没办法了。来的人都有心理准备，至少我们的烹调史有几千年了，都知道厨房是怎么回事，看见就跟没看见一样，不会影响胃口。

孟子说："君子远庖厨。"好多人都说，孟子虚伪，要吃肉又不要见杀生。那么现在有多少人是愿意一边吃肉，一边看杀生的？我现在要提出异议，是不是另有一层意思，厨房太脏了，孟子不愿意靠近。如真有这意思，我们可以批评他不爱打扫卫生。我学识浅陋，从没在古书中见谈厨房卫生的，血水污水，焉能不脏，可见写书的人都是远庖厨的。我们的先人知道有所不能，有所不为焉。

不过，我们还是找得到借口。美国的厨房干净，他们烧出的菜能和中国比吗？他们有这般多的花样名堂吗？他们不是连鱼刺多一点就不知怎么烧吗？更不要说蛇了、穿山甲了。然而变化还是在悄悄发生，不少人家的厨房开始考究起来了，连我也把厨房重新装修一下。考究过的厨房就要注意卫生了，这场静悄悄的卫生革命大概先从家庭起，从宾馆起，然后蔓延到其他，是不是中间会有挫折，谁都不好说。

再提一个前面讲到过的问题，如果食物精美必是厨房脏腻，食物简单厨房才能干净，两者你取何者？如果两者不成排他律，我们又该做什么？

游泳池

在报上及日常生活中，常常看到一些见义勇为的人，为救溺水者奋不顾身，谁料救者也不谙水性，不幸光荣牺牲。我心头充满崇敬之意，但是过后一想，不也透露出信息，我们现在不会游泳的人真不少啊。据我所知，相当一部分青年人不会游泳，可是跳舞几乎都会，而且不少人水平高超，这里不含扬此抑彼的意思。原因很简单，一段时间内，到处都可见舞训班的广告，却难见游泳训练班的广告。

我学游泳是刚入中学的时候，教我们的是一位姓陆的老师，上课时大家都去，练习了要领，在池子里扑通了个把月，大部分也就学会了。虽然是池子里学的，可本领是一样的，后来我到大江大海去游，就是那时打的底子。黑龙江最大的一个水库，水还泛着寒气，我就下水了。大连、秦皇岛、烟台、普陀、青岛、深圳、连云港等海滨浴场，我都畅游过，寄生于海天之中，感受到莫大的享受。

可是，我现在不大愿意去游泳池了，因为池子里常叫人皱眉头。人太挤，你想，这个突然给你劈头一掌，那个在你的腰眼里蹬一脚，你还会尽兴吗？不由想起我们的星罗棋布的舞厅。现在门可罗雀的舞厅不在少数，可是游泳池呢，一个城市有多少个？和这个城市的人口相比，多少人才占一个呢？我这里不是要与舞厅为难。现在，我们的游泳运动员已经在国际上有点成绩了，可是池子不见增加，不会游泳的人比以前多了。如果两者是反比例发展，我们不妨检讨一下，体育是不是就等于拿牌子？

不愿到游泳池里去还有一条理由，是池子里可能传播疾病。入游泳池都要检查的，可是你还见过有人为了办健康证，在真正接受检查？一次在游泳馆门口，我见到一个人把一大叠证交给医生，再交了一点钱。医生拿了章，"卟卟卟！"一张张全盖好。我见了忍不住，上前说，原来你们不检查就盖章的！那医生抬起头，不慌不忙地对我说，你要检查是吗，行啊，我单独替你检查！

等我换了泳裤出来，经过一个通道，上方居然挂一块牌子，赫然写着：上面有电，请游泳者当心！顿时我汗毛竖起，我身上只有一条泳裤，浑身都是湿的，上面有电，我等不正是导电的好材料！

更衣室是最不敢叫人恭维的。衣物箱几乎都是破烂不堪的，空间窄小，这么多赤身裸体的人挤在一起，屁股都要相撞，很令人难堪，让我想起了沙丁鱼罐头。后来我去了美国，那里的游泳条件非常好，每个小区、每个公共场所最起码的体育设施，一是健身房，二是游泳池，几乎都是必备的。游泳池里水清清的，微微发蓝，不停地循环过滤。而更衣室也都宽敞明亮。美国产生了大量游泳的顶尖人才，这就是基础。

现在我们也有不少游泳健将，然而看看周遭，旱鸭子不在少数。唯一的方法，就是向世界先进理念学习，建更多的游泳池，让许许多多的少年、青年在这里学游泳，将来投入大江、大海中去。

过年的特色

任何假日，不管它蒙着什么名义，大概都是人们给自己找休息、欢乐的借口吧。五一、十一，有政治意义。三八、六一，是提醒人们注意妇女儿童。至于春节，则是我们民族传统的节日。农历年伊始，大地回春，普天下的华人痛痛快快地玩一玩，休息一阵，迎来新的一年，这就是春节。我们读报纸知道了一些事，印尼政府现在允许华人过春节了，以前是不让他们过中国的节日的。这很让其他地方的华人感慨，原来过春节还是一种需要争取的权利。

有朋友问，现在春节的特色是什么？我略略一想，这个问题不是一两句话能说清的。远的不说，我小时候过春节，大人忙的是吃，辛辛苦苦一年，到头来休息一段时间。休息的第一要素就是吃，吃是一个大节目。老法说，春节几天是不能动刀，不能动扫帚的。那时候没有冰箱，没有保鲜柜。我疑心这老法是成心与人过不去，所以，春节的菜既要做得好，做得多，又要做得早，把十来天的菜都提前做出来，又要不坏，所以是干货多。从小年开始，家里的大人就忙起来了，杀鸡宰鸭，买鱼买肉，家家厨房里的砧板都嘭嘭地响，一直忙到大年三十晚上，坐到年夜饭的餐桌前，大人捶捶发酸的背，喝一口温热的黄酒，脸上才有放松的笑。

年夜饭又有规矩，如果烧一条鱼，是不能吃尽的，要讨一个吉利，年年有鱼（余）。我记得有很苦的一家，特别在意这个，大年夜必烧一条鱼，端上来，几个小孩立刻攥着筷子攻击那条鱼，他们的妈看在眼里，到了时候，一定把他们的筷子赶开，护着残剩的鱼离开。可是这一家人十多年依然是困苦，直到改革开放之后才好转，而他们的母亲早已逝世，我就不知道是不是那条残缺的鱼灵验？现在的人就不一样了，平时吃得不差，过年就不必要特别照顾这个胃，虽然家人也要聚一聚，主要意思已经不在吃。

过年和家人相聚，是它的又一个特色。我下乡到黑龙江的时候，每到过年前夕，无数的知青从各个农场、知青点拥来，集中在火车站，黑压压的一片。他们像小溪一样从四面八方流出来，汇聚起来，流成一条回家过年的大河。他们背着沉甸甸的包，里面是带给家人的黄豆、葵花子之类。胡马依北风，越鸟巢南枝，这种景象是很感动人的。

我有一个上海的朋友，父母都去世了，一个哥哥在远方，难得相见，所以每逢过年见别人团圆，他却找不到团圆的人，凄凄惶惶，恨不得不过年才好。然而，现在又有变化，过年不回家的人渐渐多了，像我儿子就不愿意回老家，他出生在南京，对上海没有多少感情，他认为打游戏机、看书比回上海有意思。

逛灯会，这个传统就远了，唐宋时期就有记载。南京人逛夫子庙，上海人逛城隍庙，都是过年的重要特色。可是现在，我疑心它的影响也在慢慢缩小。大概十来年前吧，一年正月十五，我抱着儿子同妻子去夫子庙，哪里是看灯，简直是玩命。后面人贴着前面人的背，一会儿往西挤，一会儿往东拥，就像在大海中，脚下没有根。这以后我再也不去了。据我了解，灯会和好多人绝了缘，只有热爱它的人，想起它的人才会去。

　　自从有了春节晚会，这就成了老少咸宜的节目，但时间长了，吸引力就小了。尤其是这两年晚会不断，香港回归，国庆五十周年，澳门回归，迎接千禧年，每次都有大型文艺晚会。看得多了，再稀奇的也不稀奇。过春节都要放长假。以前我在上海，人们难得有长假，遇上春节是多么珍惜，特别是上海人，平时工作特别紧张，遇上一个长假，可以好好歇一口气了，所以春节就是休息。有些人为了回老家过年，平时加班加点，就为攒下几个调休日，好使节假日长一点。现在又不一样了，一星期工作五天，休息日多了一倍，再加上不少人下岗、下海，平常时间就富裕，春节的长假倒又不稀奇了。

千禧之梦

人都会做梦,我不知道世界上有没有从来没做过梦的人。做梦是很有趣的事。在梦中,我总处在悬而未决的地步,总是在悬崖边上,一种危险或者一种喜悦紧跟着我(总是危险多于喜悦),我一直处在过程中,我不停地奔跑,要摆脱它,或者要追上它,可是肯定不会有结果,当情况万分紧急时,你醒了。这就是梦。梦总是断断续续的,像被风扯碎的云絮,我从来没做过完整的梦,醒来后回忆的也只是片断,可是当我们把梦告诉别人的时候,为什么它似乎变得完整了?那是人的理智修补了梦。我们总想对意识的另一种形式进行解释,不自觉地侵入梦的领地。

有人说,现在是千禧之年了,人类也要做梦。这个想法很妙。我想,人类怎么做梦呢?一个人做梦,奇妙的事从他的脑层中滋生,这个人的眼珠会在眼皮底下不停地活动。那么人类做梦,我认为她的梦应该在大气层中运动,可能是深蓝的,也可能是橘红的、柠檬黄的,她应该像大气那么厚实,也可能如海水一样深沉。如果这时有一块巨大的陨石飞来,它穿过人类的浓郁、迷蒙的梦,一路摩擦,一路燃烧，落到地面上变成了很小的一块，你找到这块陨石仔细研究，就像曹雪芹研究刻在石头上的红楼梦，这陨石上密集的信息，就是人类梦。

人是在夜里做梦。那么人类在什么时间做梦呢？我想不能在夜里，因为东半球的白天就是西半球的夜里，两个半球的人就不会在同一时间做梦，这样不好，我觉得人类应该在正午做梦，或者在午夜做梦，这是两个近乎凝滞的时间，就两个小时。这样，东西两个半球就会有不少人在同一时间做梦。

人类做梦的内容是什么？这就五花八门，每个人都可以想象。我干脆不说。在这里我就说自己想做的一个梦。

梦是这样的，孩子们在课堂上认真地学习，一双双眼睛里闪着可爱的光亮，他们的心被教师紧紧吸引住了，就像磁石吸住铁块一样。老师对他们和颜悦色，关爱备至，就像爱护自己的眼睛。这里，没有一个老师罚他们抄书一百遍、一千遍，没有老师把他们每次考试的成绩排名次，以分清谁的智商高，谁的智商低。也没有老师让他们罚站，让他们的额头吃栗子，当然更不可能有一个粗暴的家伙把孩子的头皮撕裂。家长也恢复了自信，他们不再像掐了头的苍蝇一样，把孩子们领进这个绩优班，马上又领进那个突击班，紧接着又领进提高班，他们知道孩子的天性就似一棵小树，应该让他们适时发展。啊，这时孩子的心灵就像水晶一样纯净，他们的智慧就像飞鸟的翅膀。

下课了，孩子们奔出课堂，他们在绿草地上奔啊跑啊，有的踢球，像威猛的狮虎；有的像猴子一般灵巧地爬上杆子，上面有看不见的桃子；有的女孩子在荡秋千，荡啊荡，她们的笑声在空中追逐燕子，一下来，一下去，来来去去，不肯停歇。哦，我的梦应该醒了，上面已经说过，梦总是在过程中结束。

老实说，这是我最想做的一个梦，多么希望它在下一世纪梦想成真。

放筏楠溪江

浙江有条楠溪江,我很早就听说了,好像有本书专门介绍它的,还有不少电影,都借用过楠溪江的美景。可以说,它早是一条闻名遐迩的江了。

这次随"瓯江文学大漂流采访团"到楠溪江。游历之间,只觉目清耳聪,心旷神怡。我想,如果把楠溪江比作一条丝绸,那它可以算进天下最美丽、最天然的丝绸之中;如果说是一曲音乐,那大概是天上的乐坛中偶然有一曲飘入了人间。我想,最好是把它说成一种境界,那就是陶渊明的境界、谢灵运的境界。如此清冽透彻的水,水底下历历可辨的石头,那时而平缓时而湍急的冲筏,本身不就是生活的意义吗?

那天晚上,坐了车子,一路疾驰,无数个急转弯,到芙蓉山庄早已天黑了,听温州市和永嘉县的同志介绍过情况,已经很晚了。多日劳顿,一觉睡到天亮。醒后就觉得静,静得出奇,一丝声音都没有,连鸟鸣都听不见。拉开窗帘看,窗前都是树木,林林总总,好大一片,却都立得直直的,一棵弯的斜的都没有,好像一队士兵出操，个个都是立正。这直和静就给人异常深的印象，仿佛是因为树站直了，大自然中的一切都受了感动，绝不肯发出一点声音来打扰；又仿佛是四周静得同天国一般，所以树都站直了聆听。

上午，我们终于见到了久闻美名的楠溪江。明丽的日光下，一条银链般的江水，起伏于青山与谷地之间，多么诱人啊。这是我们瓯江漂流的一个重头戏，终于掀开她的盖头了。我们陆陆续续上了竹筏，五人一筏，一时间，十多只筏一起往下游漂去。

我坐在筏边，往水下看，有时碧绿发蓝，有时清澈见底。清澈的地方，可以看见小鱼，它们在卵石间宛然游动，仿佛不是在水中，而是在凭空游弋。再抬头看，近处的山是深色的，远处的山是浅黛色的，层层叠叠，十分有章法。古人说，仁者喜山，智者近水。这里有山有水，是一个智者和仁者都会喜欢的地方，或许他们可以在这里相聚，念天地之宏阔，发思古之悠情，那么，楠溪江的水，就会聆听幽默和智慧，越发显出她的灵性来！

漂了几里地，忽见一群孩子在江边，大概是低年级的学生在春游。他们挽起了裤脚，在浅浅的水边奔跑，追逐，做游戏，还有一些大人，我想是老师，站在水深一点的地方，大声喊着他们的名字，让他们把脏衣服扔过来，她们接了，站在水中替孩子洗。见了他们，我便想起城里的孩子。我们都是做父母的人，我们的孩子享受到的现代文明，肯定比这些孩子要多。但是，他们在水边玩得那般烂漫、天真，无忧无虑地做大自然的孩子，而我们的孩子却苦苦地当着现代科举的奴隶，怎么能与之比肩呢？想到这里，我不禁叹息一声。

忽然听艄公说，坐好了！举头看，原来是个急滩子，只见水声哗哗，这里的落差不小，只觉竹筏一阵抖动，已经冲进急滩。一下，清冽的水涌上筏子，我们的脚全湿了，索性脱了鞋，挽起裤腿，倒也爽快。只见江水汩汩，筏子乘风破浪。这里的水浅，两旁都有些露出水面的大卵石，也听到筏底嘎嘎地响，那是卵石在快速摩擦筏底。

过了急滩，又是平静的江水了。一人说："看呀！"我当是什么事，忙看，原来是同筏子的小刘，伸出一只赤着的脚，不动，一只大大的黑蜻蜓就停在他的大脚趾上。我觉得这景有趣，忙掏出相机，咔嚓拍下。可是，一会儿又有人叫，原来蜻蜓也停她脚趾上了。我心里一动，也伸出脚丫，不过几分钟，也有一只大黑蜻蜓停上来，这才明白，蜻蜓都喜欢随筏子飞，可又不肯飞得太使劲，总要找个依托，歇歇脚，寄寄情，这样，我们的光脚丫一个个都派上用场了。

我还见一老太在江边，她腰之下都浸在水里，只见身子一伸一收，手在水里不停采着。听人说，她是在采香螺，香螺是一种好吃的淡水螺蛳。

我看着这水和远处的山，不禁联想翩翩。人类文明已经五千多年了，尤其是近一百多年来，人们按照自己的意志，强迫多少山水改变了它们原来的面貌，而这里还是这么自然，这么本色，这有多好！这和苏州等地也不同，那里的一石一木都浸润着文化，找得出典故，而这里虽然也有，但只是惊鸿掠影，多的是天性野趣，这有多美啊！

我又联想到陶渊明、谢灵运，他们原先都有政治抱负，都是在现实中不得意，才隐于山水之中。我想，他们在开始时或许只是把这当作人生的后花园，当栖息的驿站。可是浸润其中，耳濡目染，奇迹发生了，他们发现这不是后花园，同大自然如此亲近，日夜拥抱，感悟天地宇宙，远离尘世功名利禄，还是"后"吗，这里有很新的前卫意识，山水就是生活意义的本身啊。

等我们到漂流的终点，艄公已是汗淋淋了。我们游历了两个小时。我问他，筏子怎样弄回上游去，是车运，还是逆水而上？他答，是逆水撑上去，虽然是空筏，却比送我们下来要累多了，大概需要三小时。

到得岸上，我遇到老作家薛家柱先生，他说，他漂流过三次，这里的水是最美的。

我不由回过头，再多看一眼。哦，我永远不会忘记你，楠溪江……

安仁观板龙

浙江龙泉市安仁镇的廊桥是很有名的，它建于明朝。置身于长长的木制桥中，披盖着古旧而清新的廊顶，怀里自有一种悠扬而淡泊的历史感。然而，如果拿它和我们看见的板龙相比，就觉得它是宁静、固定的，而板龙才是活生生的，生命的烈焰就是因它燃起，由它而流动。

吃了午饭，我们顶着骄阳往桥那边走。镇上的人全出来了，有从外边打工回来的青年男女，这从他们的服饰和发型就能看出，有刚从农田里起身的老农，还有携着雏子扶着老人的妇女。他们都出来了，喧嚷着，向那边走。那条路是不窄的，可早就挤满了人，还有人插不进脚，踩进路旁农田去。空气显得非常干燥，好像落一颗火星，就能点起一片火焰，莫非这就是板龙出来前的气息？

因为我们是"瓯江文学大漂流采访团"的客人，所以被引上了学校大楼的三楼，大概算观礼台吧。那里早被安排好了，一排小学生在我们身后贴墙站着，像是侍卫一般，一张张小脸上的神色颇是庄重，却让我们不安了。我们做文学的人都喜欢随便的，哪能让一群小学生为我们受累,而他们站在这个位置恰好是看不见板龙的。青海作家陈士廉先生首次提出。可小学生是听指挥的,哪能随便行动?连负责的老师都做不了主。可是作家们还是坚持,大概传到校长那边去了,校长说"撤"。于是,这群孩子呼的散了,到前面来了,小脸上的神色为之一变,挂着喜悦和兴奋,和我们挤在一起,看板龙"出世"。

板龙出现了,从桥的那头游来了。我从来没有看过板龙,也不知何为板龙,心中就有一种尝新的渴望。它来了,曲延逶迤,这么长啊,龙头已经过了桥身,而龙尾还藏在对岸的青色瓦房后边,没有露出来呢。这时我才明白,所谓板龙就是用一条条板凳接起来的长龙,一条板凳由一个人舞。知情的人告诉我,每条板凳长一米八,总共有二百四十一条板凳,我算一下,这条龙长将近一里地了。那人又说,安仁这地方还没有过这么长的板龙,单是龙身画彩这一项,文化馆的人加班加点,就忙了一个星期。我心里十分感慨。

现在,龙已经全部进场了,场子并不大,也就是学校的一个操场。近一里长的龙就盘身于其中,你想它该是多么兴奋、焦躁、愤愤不平啊!龙头威武雄壮,擎龙头的有五人,一为老者,其他四人都是青壮年,他们舞起来了,时疾时徐,后面的板凳都因之而动。于是,我满目都是滚动的色彩。晴天之下,炮竹轰响,一时我生出幻觉,仿佛那不是一条板龙了,而是一条真龙,是我此生第一次看见的真龙!龙须振动,赤鳞灼灼,它在浙江大地上翻腾、咆哮。

不过,我的幻觉很快就不存在了,因为我的目光被舞龙的人吸引了。原来板龙舞起来,惯性的力量是非常大的,越往后越递增,大概也可以算蝴蝶效应。一个个青壮年几乎都使出了全力,他们架住了龙,舞起了龙,同时也在和龙搏斗,他们必须用强劲的力来和这肆虐的龙抗衡!你可以感觉到,一面面汗湿的衣背下面,拧起了怎样的筋肉啊。执龙尾的人几乎站不住了,他们东倒西歪,像醉了酒一般，却跑得更欢，跳得更有劲了。

　　我看得有趣，却发现龙头已经绕出来了。龙身盘得那么紧，它是怎么绕出来的？于是我两眼定定去寻，看了半天，才看清它折头绕圈的路径。原来龙头舞到头了，就换转方向了，和龙身、龙尾一一擦过，却丝毫不乱，这条咆哮的龙自有它东方的智慧。

　　就这时，一群女孩子呼啦上来了，她们提着茶桶，拿着茶杯，倒了满满一杯，冲上前，递给汗流浃背的舞龙人。舞龙人空出一只手，接了，仰头一饮而尽。也有来不及接，龙就腾起来了，那女孩子就在后面追，茶杯一路淌水，舞龙的汉子身不由己地往前走，一边恋恋不舍地往后看，丽人的脸都红了。同时，哄起一片笑声。

　　听人说，这舞龙彩排了好长时间，他们这么舞，报酬只有一双价值八元钱的跑鞋。因此，采访团的名誉团长、上海作家叶辛要求各地电视台多拍一些，恐怕随着开放，以后难有这么好的机会了。我想，提高舞龙者的报酬，或许是让板龙长存的办法吧。

惊观石门洞

说是到了,下得车来,忽见一条江横在眼前。我们一路上都在绿水青山中穿行,已经养眼多日了,可是见了那江,还是觉得奇异。这里是瓯江的中段,称作大溪。水不仅是清,还带有清的颜色,古人说,"春来江水绿如蓝",那个"蓝"字,大概就应按眼前这么理解吧。

就有一渡船靠岸。我们上了船,船荡开碧波,向江中一岛驰去。那岛郁郁葱葱,被祥云依稀笼罩,似乎不大,随着船逼近的角度变化,岛慢慢展开它的曲折层面,才知道还是一个大地方呢。惠风和畅,碧波徐扬,我宛然生出一种错觉,我们不是到人世间的某地,而是到了一个神仙居住的境地,非要坐这船,非要渡过这绿如蓝的水,才能抵达。

问了人,知道这里叫石门洞,是青田的第一胜景。明朝的宰相刘基曾在这里攻书读经。船上写有郭沫若的一首诗,是追述此事的。看看到岸了,两岸双峰对峙,越逼近越觉其势之峭拔,仿佛要倾压下来一般,好一道天门,便悟出取名石门洞的意思了。

到了岸上，见了牌子，才知道这里已经是中国作协的创作基地之一了。歇息过后，往山里走去，一条石路曲曲弯弯。走在石路上，两旁大树林立，有蔽天遮日之感，怪不得导游说，小姐和女士到这里，不带伞不要紧，树荫都替你们遮了。再往远处看，更是满目青绿，树的颜色都有层次分别，近处的深，远处的淡，再往远处就更淡了，仿佛造物主也懂中国画的笔墨，在此处作了巧妙处理。俯首看近处的花，艳得惊人，像是一笔一笔用颜料涂上去的，而远处的花却如织如锦，一团连着一团，犹如大山的纹理。

刘文成公祠是白色的，自有一种静穆、清纯之感。过了公祠，一股凉风迎面扑来，忽见洞天开阔，我们一个个都叫起来："这里才是绝胜处啊！"

只见面前一堵刀劈斧削似的石壁，足有几十米高，又有几百米宽，那壁从两边围过来，怀里抱的是一泓清水。水面有几十亩，水里有扁舟，有游船，足以让游人在此弄舟抒怀了。绝壁上有瀑布飞下，一折一折，共有五折，真是曲尽其妙了，才肯落进碧潭里。

我们一批作家、记者纷纷发表感想："进了石门就有感觉，这地方不会轻易罢休的，非要弄出个奇绝的，叫你们什么话都说不出。"也有人说："你想，刘基是什么人，他选的地方能不绝吗？"

一处绝壁有凹堂，上有一块大青石，叫做太师床，相传刘基常常躺在这青石上读书。我们的荣誉团长叶辛说这要躺一躺的，只见他手攀脚抵，钻了进去。我的兴趣也来了，跟着往里爬。那地方还真有点麻烦，石头乱不好下脚，而且还非得低头折腰，才能慢慢钻进去。我到了上边，叶辛一纵身从石板上起来了，说："不错，不错，来了就应该躺一躺的。"我偏了身子，等他转出去，也像模像样地躺下了。石板很大很平，也光滑，躺在上面，陡有清凉生出，再看上面，石壁纵横起伏，凹凸不平，似有古战场之雄势，心想，当年刘基怡然躺在这里，心中的块垒不知怎么浇呢！这么想着，仿佛已经和八百多年前的他对过话了。

  游历过了,就要登船离去,有人说:"你们看那里像鲁迅哦。"我回头看去,只见一峰耸起,轮廓起折,果然是鲁迅面庞的侧影,额头下巴喉结都像,唯独鼻子这里,低了一些,稍有遗憾。忽然想起鲁迅曾经对小辈说过,他的鼻子本来也很高的,只是因为碰壁碰多了,就低了。我释然了,却不知道这石门洞有没有听鲁迅这么说过。

第三辑

情有所系

旅行的魔力
——多次国际旅行漫想

渥太华是加拿大的首都,城市干净美丽,不少建筑的风格是维多利亚、哥特式的。我在街头拍照,突然镜头被一个跳跃的东西挡住了,移开相机看,是一个年轻人,他伸起双手,跳入我的镜头,此刻跑开去,向我笑着扬手。我一点都不恼,我知道,他是对我表示友好,和我开玩笑。我甚至有些感动,为他的调皮、热烈。于是,我也扬起手,向走远的他大声欢叫。

十年多前,我第一次去洛杉矶的迪士尼乐园。给我印象最深的不仅是那些惊险刺激的节目,还有这样一些场景:无数青年人挤满了乐园,各个民族、各种肤色、各式打扮、各种迥异的语言,一句话,可能全世界各个民族都有人在这里。洛杉矶的阳光是有名的是8月天,这么多青年人在灿烂的阳光下站着,按照绳索的指引自觉地排队。没有一个工作人员,保安或者警察,在现场维持秩序。然而,所有的青年都遵守秩序,一个接一个,井然有序,整整两天,我没有见到一个人插队。

我不由想,他们在各自的国度中,在各自好的或者并不是很好的环境中,在各种的隐秘环境中,也是这样吗?答案是否定的,那么旅行有什么魔力，有什么改变的功能？于是，我不仅把旅行的镜头对准风景，对准风景中的自己，而且对准旅行者，拍下他们的表情，探索他们的心情，研究他们之间的关系。

我的理解是，旅行者之所以能和睦相处，友好交往，在于他们的交往只限于浅层次。可以说，浅层次交往恰恰是旅游中人和人相处的必要前提。或者说，人和人的交往，很多时候只要浅层次就够了。试想，一些个性迥异的人，如果个个都是个性张扬，彰显特异，这个社会怎么安静？怎么可能不发生冲突？如果世界的各个国家，都是强硬比无，横字当头，结果战争必然不断发生。世界上已经近七十亿人了，记得以前五十亿人的时候，都在为地球拥挤而苦恼。现在，地球上的人更多了，将来只会多，不会少。要在有限的空间容纳更多的人，除了包容和谦让之外，没有第二条路。

这次去加拿大旅游，在旅行团里，我遇上上海大学的一个律师。交谈起来，我的一些朋友是他的熟人，这种巧合叫人兴奋。然而我们一路都是浅浅的交往，十分愉快，甚至分手时都没有留电话。我以为，留不留电话可能都一样，我们有短暂的浅层次的交往就可以了，满足了。法国哲学家萨特说，他人即地狱，如果有几分对的话，那我们何必对许多人都抱有深交的奢望呢？

里约热内卢的奥运会结束了。各国运动员从地球各个角落来，又回到各地去，下届奥运会再次聚会，又要四年，有些人可能再也见不到了。在比赛时，他们既是竞争的对手，又是相互激励的朋友，分手那一刻的依依不舍，会让许多运动员一辈子记住。然而，联结这一切的，不过是十七天的浅层次交往。

其实，人生就是过客，就是一个人到人世间来旅行。在人生旅途中，你是来看风景的，又是来表现自己，寻求理解的。别人也是如此。从这个意义上说，旅行的概念不应该只发生在旅游中，而应该扩大开去。旅行概念，和我们传统的单位概念、职场概念、宫廷概念都有很大的不同，而后几者都是一些关系交错、利益相关、甚至你死我活的地方。旅行和它们相比，就天然地多一层哲学意味。如果我们在这些地方也引进一些旅行的概念，把人和人的大部分关系保持在浅层次上，这样，处理各种关系是不是能简单一些？

从更大的角度讲，地球就是一个大的旅行团。世界上二百多个国家随着地球一起在太阳系旅行，在浩瀚的宇宙旅行。只不过这团内一时乱哄哄，战火纷飞，仿佛白日焰火，一时则相对安静。

当然，深层次的交往不能都不要。刎颈之交，就是对朋友深交的一种形容。但是，你有可能和一个人刎颈之交，不可能和许多人刎颈之交。有的人自我表白，说他是你的刎颈之交，可是到了要紧关头，他不但不刎颈，还溜之大吉，人都找不到。所以，很多时候对别人不能要求太高，要形成独立的人格，要靠自己。

在国际旅行团中，这次旅行的伙伴，要在下次旅行也遇上，概率非常小。除非你们互相加了伊妹儿相约。所以，大部分人都自重。我很少看见有人随地吐痰，进出厅堂都会为后面的人扶门。人们都会有意无意把自己的毛病和弱点隐去，这恰恰是生活的真谛。所谓真谛，就是不在无谓的小事上去刻意追求分歧。在这种场合，我们有必要像孔雀开屏一样，只把美丽的一面向着别人，而把难看的背面收起来，只在无人的时候才把它展开，去发泄。

对于生活在大城市里的人来说，其实我们每天都是在都市里旅行，每天见到的人，大量的都是不认识的，认识和能够再见面的只是少数。就是同住一个新小区，又有多少人能够交朋友呢？对于租房子的朋友来说，这种流动性就更加多。所以，旅行意识的产生和培养是十分必要的。

人类的明天，应该是各民族之间的和睦相处。我们都说和平发展，其实旅行就是一种和平的状态。旅行者之间没有利益冲突，都是浅浅的交往。这种浅层次的和谐，扩大开去，恰恰就是社会平衡和谐的基础。但是，我在这里讲浅层次，并不是一概地排斥和否定深层次。有些事就是深层次的关系，那就用另外的方法来处理。然而，我们在处理深层次的关系时，不妨可以有一些浅层次的意识。长远来看，浅层次交往是地球上的人无可挽回的越来越多的需要，是人类明天的需要。浅层次是一种境界。

当然旅游团中也有例外。这次去加拿大，见了一个女士，她对于旅行中的每一个节目，都要深加追究，都要弄清楚团里赚多少钱，导游赚了多少钱。她经常拉住其他游客，述说她的惊人发现。她的脸总是拉长的，成一个苦瓜。我觉得，她是到旅行中来寻找亏钱的苦恼，实在不上算。

我们也听到一些负面新闻。一些人在飞机上大打出手，到跑道上去拦飞机，做出极其危险的事情。这些人是把职场的概念、单位的概念带到旅行中来了，是带反了地方。这次去加拿大，在入境之前，车子坏了三个小时，入住宾馆已经是半夜了。这期间，所有的旅行者都在平静地等待，没有一个人发飙。至多是几个中国来的，私下发了点牢骚。

即使是浅层次的交往，如果你细细品味，也可以触到人生的经纬。这次坐我们前面位子的，有一个85岁的老太，举止优雅，在4天的旅行中，客车每天都要行驶几百英里，她始终都是腰板直直的坐在那里，令很多人钦佩。后来交谈才知道，她曾经是台湾驻美国大使馆的秘书，后来中美建交，台湾撤馆，她去当医生了。现在，她住在纽约，有一个国民党前要员的夫人，已经111岁了，还常和她一起打麻将。她以一种豁达、幽默的口气讲："在纽约，人都死不掉了。"回来后，我一直在想，可以再见到她。

找同学

　　有一个班长，不过，他当班长还是读初中的时候，现在他已经年过半百了。

　　班长突然想念起他中学的同学，想得十分厉害。他想，自己如此，别的同学何尝不是这样，为什么不把他们找到一起来呢？也是巧，他居然得到一张30多年前全班同学的花名册，上面都有地址。于是，他按图索骥，找起来了。

　　这是一件多么不易的事啊，这些年上海拆迁的规模是空前的，完全变成一个陌生的新城市了。他按着地址找去，老街老房子早就一扫而空了，一点痕迹都不剩，眼前是林立的高楼。又找一家，虽然房子还在，但物是人非，同学早在十年前就搬走了。再找一家，还是扑空。

　　班长站在马路口，怔怔的，眼前人来人往，车来车往，上海，上海，真是一个深深的大海！我昔日的同窗在哪里呢？正在沮丧，忽然想起，何不到派出所去打听？那里会有记录的呀。

　　派出所里忙忙碌碌，人们排着队在报户口、办身份证，他也排上队静静地等。轮到他了，他一开口，民警皱眉头了，这算什么事？他连忙解释，是这样的，我们同学分开都30多年了，离开的时候匆匆忙忙，连一张毕业照都没有拍……大家上山下乡，去了祖国的四面八方，再也没有联系过……民警打断他，好了，我开一个先例，替你查，不过，同名同姓的人可不少，你要报上每个人出生的年月日，有具体的出生日子才好找。

班长再一次愣住了，全班56个同学，他哪里知道他们都是哪一天生的呢？他蹒跚地走出派出所，不断地自言自语，哪一天出生，56个人都是哪一天出生的呢？忽然想，如果母校还保留着学籍册，那上面就可能有出生年月日。他怀着一丝希望，跑回中学去。

接待他的教师也被他感动了，翻开尘封多年的档案。真是皇天不负苦心人，30多年过去了，学籍册还在，上面果然有每一个同学的出生年月日。班长捏着纸的手抖动起来，心底响起一个热烈的欢呼。

接下的事情顺当了许多，在派出所里他找到了每个同学的来龙去脉。于是，他开着半新不旧的助动车，在上海的大街小巷，在老街新区，突突地奔走。刮风下雨他去找，酷热暴寒也不歇。有时跑累了，就在街心公园歇下来。他想，当年他们是匆匆分手的，去了边疆内地，连一张毕业照都没有拍过，同学的情分像突然中了箭的雁，从空中直直坠落下来。现在他应该把大家重新找回来，拍一张照。哪怕大家已经是半老头、半老太，也是好的，这是晚到的毕业照啊。

这么想着，身上就有了劲，车子似乎也跑得更欢了。

他找到了一个，找到了十个，找到了三十个。每个被他找到的同学都会拍打他的肩膀说：是你啊，班长，你把我们找出来了！他心里甜甜的。班长，他喜欢这个称呼。

每找到一个，他就向先前找到的同学发送信息。又找到谁谁了，大家都健在啊。他像在做一个工程，全班 56 个同学，等他把所有的同学找齐，这个工程就完成了。那时，就要郑重其事拍一张全班同学照，当初他们一张毕业照都没有留啊。

同学们的手机不时唱起歌来，他们一看号码就知道，是班长的信息，十有八九是通报寻找的进展。日复一日，他的工程接近于完成，大家在细细地分享他的喜悦。

一年过去了，55 个找到了，还剩一个没有找到。同学们聚会了，有着说不尽的话。毕业照拍上了，虽然晚到了 30 多年，但毕竟补上了。班长久久地看着照片，心头却拂过一丝不安。他想，照片上是应该再有一个人的……有人看出了他的心思，劝他说，算了，找不到就不找了。你花了那么大力气，不能怪你呀。

但他还不肯收兵。他想，这女同学在班上成绩很不错，人也文静，她是去黑龙江插队的，他不能让她失踪。他骑上电瓶车，开始了新的寻找。

女同学原来住在徐汇区的永康路，他去了两次都没有遇上人，说是这家搬到浦东去了。他骑着车子上了南浦大桥，路好远，足足开了一个多小时。还是老方法，他上了当地派出所。民警查过之后说，这一家是搬过来了，可是没有这女同学的户籍。

他说，怎么会呢？她就是这家的人嘛。他按地址找了，开门的是一男一女，那女的脸和女同学很相似。他刚说出女同学的名字，那女的恶狠狠地说，不知道！男的把门砰地关上了。

他站在门外发抖。他想，不可能不知道的，看脸就知道了，她们是一家人，这里一定有名堂。

他再次找到永康路去，遇上了一个知情人，终于打听到了原委。这女同学回到上海，她的姐姐为了夺得全部房产，在拆迁时竟然不把她的户口报进新住所，让她成了一个无家可归的人。她精神发生了错乱，不久就谢世了。

他站在滚滚黄浦江边，心里对这女同学说，我找到你了，虽然你没有拍毕业照，但我们还是找到你了，一个都没有少！

我们听说了，都很难过。虽然毕业照上还是少一人，但在大家的心中，她已经被找回来了。同时，班长的工程是扎扎实实地完成了。

在聚会上，大家恍如隔世，说呀笑呀，不断回想那个逝去的时空，对消失的青春充满了迷恋。

其中一个中心话题，就是班长。毕竟分开都30多年了，毕竟上海完全变成一个新城了，他还能一个个找到！大家说，当年，我们选他当班长，没有选错啊。

这是我在中国中学上初中时的班长，他的名字叫姚鸿新。

徐中玉先生二三事
——写于徐先生百岁寿辰之际

日子一天天流逝,许多事都模糊不清了,但有些事却经岁月磨砺而越发明亮起来。我是高考恢复后考入华东师大中文系的,那时听徐中玉先生上课,他的博学、坚韧和虚怀若谷的精神给了我深刻的印象。

一天,我和一个同学去徐先生家,向先生请教。短短时间里,我们如饮甘露。看看天色不早,我们告辞了。徐先生却执意送到大门外,就在我转身要离去时,却出现了让我惊诧不已、至今铭记的一幕:徐先生弯下腰,向我们鞠了一个躬,以示送客。

我不敢相信自己的眼睛,这是真的吗,学生没有表示,先生先向学生鞠躬?可这是真真切切的。徐先生慈爱的面容,挺拔的身材,深蓝的衣衫,身旁有一棵翠绿的植物,确实是他向我们鞠躬呀。现在回忆,那时的我,是怎样的一个人啊!文革中,我参加过六亲不认的大批判,后来,在北大荒度过 10 年,也尽显粗糙、狂暴。现在到先生家,却受到出人意料的儒雅之待,且是心的自然流露,无半点虚情假意,可叫人如何消受?我内心的震动十分强烈!

现在想来,先生的礼仪不仅根植于传统的中华文明之中,还与现代精神沟通。中文系的学术之风，师生平等，学术争鸣。吾爱吾师，吾更爱真理。就是从这里起源的。正是徐先生和施蛰存先生、钱谷融先生、齐森华先生等前辈身体力行，积极倡导，自由的学术之风才蔚然于丽娃河、氤氲于夏雨岛，才产生了鲜明的华东师大风格，才有当今遍布九州以至海外的莘莘学子的自觉行为。

大概有9年了，听说徐中玉先生来南京开会，我特地赶到宾馆看望他。正值中午，却说徐先生被亲戚接去吃饭了，我就在那里等，顺便和一些久违的朋友聊天。到了1点半，徐先生回来了，见了我，自然高兴。接下的20多分钟，我脑子里飘忽起子路、曾皙众弟子侍坐的景象，浴乎沂，风乎舞雩，咏而归。徐先生说，上个月他去台湾进行学术交流，下个月还将去新疆。这哪是一个年逾九旬的老人啊！我由衷地为先生的长寿健康而欣喜。将到2点了，徐先生起身，说，马上要开会了，他不能不去，因为下午的大会由他主持。

我却惶恐了，要是知道，我就不会在此时打扰，让他假寐一会都是好的。我满心歉疚，急急告辞。稍让我心安的是，此时的徐先生依然是精神瞿铄。

2008年的冬天，我从美国回来，去看徐先生。华东师大的周际发生很大变化，高楼林立，层层叠叠，犹如儿童玩的积木一般。然而，徐先生还是住在师大二村，依然是三十年前的楼房。我走上已经剥漆的木质楼梯，脚下发出轻微声响，一切宛如当年。楼里静悄悄的，偶然传来楼外的爆竹响，哦，今天已是大年夜了。

我看见徐先生了，他端坐在书桌前，在审阅稿件。面前一杯清茶，屋里依然简朴无华。不由想起，我到过不少年轻些的学者家中，舍内早就是豪华时髦的布置了。

我知道，徐先生担任多家文艺理论刊物的主编，都不是挂虚名，都要阅稿审稿，即便是一个壮年人，工作量都有些超负荷，何况他已耄耋之年，以至于到了一年之末，都没有歇下来。

窗架上春梅吐蕊，户外传递着春节的气息。徐先生放下手中笔，侃侃而谈，讲到会心处，淡淡一笑。我看着他的面容，似乎听到一个钟舌摆动的声音，那是生命的脉搏，似乎提醒我，徐中玉先生走过的漫长的生命之路，已经到了他95岁的除夕之日，生命和工作的钟摆依然在热烈地走动。

我告辞了，走到马路上，爆竹声浪一阵高过一阵，但在这些声音之上，我恍然听见了另一个声音，压过了尘世的喧嚣，那就是稳健的生命钟舌的摆动。

蟋蟀的生命歌

没有想到，小小的一只蟋蟀，竟让我感叹半天。

去年，有山东的蟋蟀贩子往我家送了一批蟋蟀，一定要卖给我。我买了不少。虽然多了，好的还是少，不过十来天，淘汰了一大半，余下的精心养着。

金陵名流俞律老也是喜欢蟋蟀的，我提了盆盂，从南京的西边，穿过大半个城区，到了东南边，按了门铃，俞老颤巍巍迎出来了，说，带来了？喜悦之情溢之言表。此时俞老哪像87高龄，倒像是一个饶有野趣的少年。

这次斗虫真可以说是蟋蟀的战争，山东的虫从来好斗，这和我小时候玩的上海郊区的蟋蟀不一样，那些虫斗上几个回合，翻一次白肚子都算是精彩的了。可是山东的虫不这样，还有河北一带的虫，斗起来都是往死里咬，咬得大腿掉了，咬得脑浆流出来了，只要还能动，依然张开一副紫牙，勇往直前。看得我们血脉贲张，直呼精彩！观斗者，除了我和俞老，还有他的太太、画家李阿姨，出版家蔡玉洗，新锐小说家王修白。一时间，大家都童真起来，纷纷发表感想，有说，从来没见过蟋蟀这般狂斗的。有说，我小时玩过，都有半个世纪了。

这次战争，可以说是旗鼓相当，俞老赢了几盆，我也赢了差不多的盆数。这时候已经是晚秋了，如何让胜利者好好地活下去，是一个课题。

有经验的人都说，养虫也就 100 天。很快天就冷了，我就用棉袄把一个个泥盆包了起来，放进抽屉里。还是不行，没有几天，就有虫子先后死去。进入 11 月，只剩下两只了，就是从没有尝过败绩的两个常胜将军，其它虫都一一归天了。我想出一个法子，把热水冲进瓶子里，然后用瓶子贴紧泥盆，再用布片把两者紧紧绑在一起，这样在漫长的冬夜，蟋蟀可能不会冷了。可是早晨起来一摸，瓶里的水早冷了，我的虫子在漫漫长夜中，是和冷水绑在一起呀！这怎么行？有了，有个办法，那就是把盆放进我们屋里，晚上开暖气。

我把取暖器开得很大，屋里暖洋洋的，像是春天提前来了。蟋蟀也感觉到了，振起翅膀，欢快地唱起歌来了。很快问题来了，我的太太晚上不能睡在开暖气的房间里，因为空气太干，她睡不着。而虫子又不能没有暖气。矛盾来了，而且十分尖锐。我不能把它们放进我们卧室，可是，如果把它们放在另一个房间里，单独为它们开油汀，似乎又太奢侈了吧。

于是，我只能采取折中的做法，一会在半夜偷偷打开油汀，一会把它们放进隔壁房间，把油汀也移过去。这样期期艾艾，一只蟋蟀终于也离去了，我只剩下最后一只了。我清楚地记得，它就是我众多虫子中最骁勇善战的一个！它是勇士中的勇士，是将军。然而，它躯壳的颜色也在慢慢地变，像浮起了一层黄色的蜡，很不真实的。一天，它的一条大腿脱落了，过了两天，另一条大腿也掉了。我以为它的死期将近了，没想到它却突然活跃起来，充满了生命的质感。它用剩下的 4 条细腿在盆里不停地爬，如果用草引它，它就愤然张开一对紫色的钢牙，和往日一样威风凛凛。

已经 12 月中旬了，每天打开盖子之前，我总有一种隐约的恐惧，担心它会四脚朝天，成为一具尸体。可是它每次都是好好的，让我的恐惧悄然消失。后来，我开始不担心了，它活着似乎成了再正常不过的事情。

我的妻子也奇怪了，惊讶地说，它是不会死的，它是个精灵。这时，她主动让我把泥盆放进卧室，也不在乎夜里干燥不干燥了。

我的一个虫友知道了，简直不敢相信，他养了十多年虫子，还没有这么长寿的。他让我拍了照传给他。我拿起草，逗开它一对紫牙，让它唱歌，还把手机移过去，传过那一端的朋友听。朋友叫起来，说，听到了，听到了！叫得很响，很有力！

他对我说，要是拿人打比方，这虫子已经是百岁老人了。我十分感慨，它已经没有敌人了，它的敌人都在严冬——死去了，它也没有伴侣了，只有它还在孤独地勇敢地活着。

此时，蟋蟀已经不是蟋蟀了，它成了生命的一个感召。只要想到，在凛冽的寒冬里，我有一只无畏地活着的虫子，心里就温温的，很有力量。

然而，生命总有终结的时候。进入 2014 年的第一天，元旦，下午 3 点，我的蟋蟀之王，长寿之星安然过世。但在我的心中，它没有死，现在我还能听见它唱歌。

蟋蟀断想

一

一年初秋，闲逛，到了夫子庙。走过清怀桥，忽然想起，白鹭洲公园的东门，有个花鸟市场，拐过去看看吧。结果，我遇上了久违的蟋蟀。

我看到了店里如砖头一样垒起来的盆子，看见大梧桐树下聚集起的一堆人，头发花白的居多，脸上有着紧张醉迷的神情，所有的目光紧盯着盆里撕咬的虫子。我心里顿时升起一种潮湿的温暖，哇，我找到了，就在这里啊！我40多年没有见到了，蟋蟀，我孩提时的玩物，可是，40多年中你们在我的生活中完全失去了踪迹，现在又出现了！

那年，我的头一批蟋蟀是向一个叫"西班牙"的人买的。那人绝对是土生土长的南京人，可是脸部轮廓却像西方人，边上人都叫他西班牙。他皮肤是深色的，像几个世纪前飘洋过海的殖民主义者，不过他的神情却挺温和。西班牙坐在梧桐树下，面前摆着许许多多瓷泥罐子，每只罐子里都有一只雄性的好斗的蟋蟀，边上围着许多男人，看他摆弄蟋蟀，听他摆唬蟋蟀经。我从他脸上的皱纹中读出了这样的信息：他是上午就坐到树底下，一直坐到夕阳西下，目光模糊了才会离去，他一天只干这一件事。10月的南京，暑气已经散去，坐在树荫下，和一大群蟋蟀斗士相伴，凉风习习，是多么惬意的事！

而且，这般骁勇的斗士，一年才存活几个月，要珍惜哦。

我买了西班牙3只蟋蟀，不算贵，10元一只。西班牙不是纯粹的商人，玩蟋蟀的人都有些特殊的性情。有人拿着虫子打上门来，西班牙如果输了，他就不要这只虫了。如果赢了，我就买下来了，所以，我的虫都是获胜的勇士。

那3只中，有一只是好虫。光从外相看，说不上是名品，然而，当我的蟋蟀在角斗中一再获胜时，一些朋友就把盆端在手中，仔细端详。这虫一身漆黑，黑得没有杂色，当它鸣叫时，振起高高的透明的翅翼，仿佛是船的大蓬。它头上有一道豁口，我头一次看见它时已经有了。懂的人说，这虫子性暴，在盆子里蹦跳时撞出来的，可以叫它豁头。我带着它出征三次，三场全胜的只有它。每场都是恶战，豁头咬得那么拼命，那么渴望胜利，那么以死相争！已经过去大半年了，我今天这么写的时候，眼前还浮起它鏖战的景象。它和对手绞杀在一起，牙齿格格发响，都分不开了，它和敌手一起打滚，腾挪蹿跳，看的人搓着手掌说，太精彩了！经典！它的两条小爪都被咬掉了，它把对手的脑袋咬出了浆液，自己的颈项也被敌手的钢牙卡了进去。我用摄像机，把它恶斗的场景拍下来了，放出来足有2分钟。现在我还可以一看再看，可是豁头已经不在世上了，呜呼哀哉！

等到三次恶战归来，它早已伤痕累累，走路都摇摇晃晃的，经常趴在盆底，很少吃喝。我以为它不行了，用草去引它，它当即张开红牙，露出了凶相。哦，我感悟了，对厮杀的渴望，对胜利的渴望，就是它的天性。只要它没有死，它的天性就不会泯灭。

然而，我不愿意豁头再斗了，我要让它寿终正寝。此后，再不带它出去斗了，它不需要再为我争取胜利，不需要再证明自己了。它可以颐养天年了，在静默中咀嚼自己辉煌的往昔，它有这个资格。

我们现在玩的蟋蟀大都产在山东，也有河北的。它们绝对比我年幼时看到的虫要好斗，有的虫子咬到死过去了，翻过白肚子不动了，等回过劲来还是拖着身子咬。我小时候玩的蟋蟀都是江南的，少有这般拼命的。我想，这或许和水土有关系，梁山好汉大都出在山东，其中叫李逵的，常常抡起板斧，照着一排人，不分青红皂白砍过去。这厮大概和家乡的蟋蟀最接近的了。

我想，如果把世界上的动物中作比较，最好斗的，蟋蟀绝对排得上前几位。因为它体积小，所以对我们不会产生威胁，只能成为盆中的玩物。如果它是一头大动物，又有现在这样的天性，那还了得！真是这样，那么，古罗马角斗场中，斯巴达克握剑决斗的可能就是张开钢牙的大蟋蟀。而在西班牙巷子里奔跑的人们，背后追赶就的就是一头头狂暴的蟋蟀！

我把豁头放在最好的盆中，过段时间，买了更高档的盆，又让它重迁新居。草盆换成和尚盆，和尚盘换成龙盆，它从来都是住最好的，享受到国王一样待遇，这和人类社会的法则没有区别。

已经是11月下旬了，天冷下来，虫子的大限近了，而豁头受过重创，死神更容易找上它。而我将到日本去一次，时间7天。我安排了钟点工，天天替蟋蟀加水添食。我想豁头熬不过这7天了，它一定会在7天中死亡，对于秋末的虫子来说，一天等于一年。那些日子，我每天都要死几头蟋蟀。我意识到，这几天是我和它相处的最后时光。

我长久地注视着它，替它拍了好些照片。我想，这是它的遗像。

我用丝草引它，它缓缓张开红牙，显出毕露的杀机和雄风，它拼出残存的力气，鼓起船篷一样的翅膀，摆出帝王的最后姿态。

二

我有两个哥哥，都爱养蟋蟀。那是 60 年代初，上海的少年喜欢蟋蟀的不在少数，那时候没有电子游戏，没有魂斗罗和变形金刚，蟋蟀是最能体现男性争强好胜的宠物了。

我记得，家里三楼有一摞摞的蟋蟀盆。龙盆、天落盖、和尚盆应有尽有。天落盖还有白的和黑的之分。这些盆比现在我在夫子庙见到的都要好。我的哥哥是用家中给的零花钱去买蟋蟀，上海的蟋蟀市场在人民广场，我们常常步行前往，不算远，大约有七八站，走半个多小时就到了。在广场的东南角，黑压压的一片人，都是卖蟋蟀和买蟋蟀的，政府似乎没太有干预，但也不支持，是个完全的自由市场。后来政治风紧，临近文革的时候，市场就不存在了。

我想起来了，每每走近了，远远看见那片黑压压的人了。还没有进入，我心里就涌动起来，有种发热的发湿的感觉。我仿佛已经听见了蟋蟀叫，看见了蟋蟀斗，这是一个多么活跃、多么自由的氛围啊！我喜欢这种氛围。我不知道，能不能把它归入民俗，在文化的殿堂里登堂入室。但我知道，它一定和人的天性有关。

母亲坚决反对她的儿子养蟋蟀。在 1949 年前，外公是苏州的一个画师，那个年代画卖不出钱，所以外婆天天用小针刺出苏绣，从天麻麻亮刺到天擦黑。而母亲很早来到上海，上了女中，受到了新思潮的洗礼。她有种绝对的思想，养蟋蟀就是玩物丧志，她要让她的七个子女个个都能成材，而蟋蟀是破坏她伟大计划的一个祸害。

她阻止的手段是很坚决的，而两个哥哥和我的反抗也是坚决的，这里的冲突是激烈的，刚性的，同时又是委婉的，绵软的。就在此刻，我的耳朵里似乎又听见了母亲低低的怒斥，哥哥们倔强的喊叫和哀怨的呻吟。母亲使出了种种手段，都没有用，都无法阻止少年们继续"玩物丧志"下去。终于，母亲采取极端的手段了。

她抓起蟋蟀盆，有的两个一抓，有的三个一抓，她愤怒的手在颤抖，把盆从三楼摔到一楼天井里，于是，楼里响起一声声奇异的爆裂声，那些骁勇的蟋蟀都在盆里啊。每响一声，哥哥们就惨叫一声，大哥冲上去，想抓住母亲的手臂，但是根本抓不住，此刻的母亲像一头猛烈的母狮，她的心头爆发出强烈的愿望，要让儿子们学好数理化，当上科学家，当上工程师，必须这么做！哥哥们绝望了，仿佛有尖刀扎进他们的心窝，一个倒下了，一个呆呆的，看着所有的蟋蟀盆"飞流直下三千尺"，一个都不剩。

从此，哥哥们不养蟋蟀了，这成了他们心头永远的痛。后来他们都考上了复旦大学。是鱼和熊掌不可兼得吗？还是为了成材，少年郎必须泯灭自己的一切奢华的爱好？直到今天，我依然无法评判母亲的行为。

我也有一个玩蟋蟀的朋友，是我中国中学的同学韩国伟。那是文革的第三年，学校不上课，我们百无聊赖，想到蟋蟀了。人民广场的蟋蟀市场早就没有了，我们就商量好，在夜里翻墙进入漕溪公园，打着手电抓蟋蟀。他的哥哥在泰山耐火材料厂。我们就相约到他哥哥的厂里去抓虫。说实话，我们从来就没有抓到过好蟋蟀，却成了一对好朋友。

1969年3月，我去黑龙江农场。而在前一年，我家遭到毁灭性抄家。母亲是虹口区体校的校医，体校的造反派就来抄家了。他们把我们家人赶出家门，把所有的东西掠夺走了。抄家是在夏天，我在乡下劳动，身上只有短衣短裤，到了冬天，连过冬的衣服都没有。当时，韩国伟已经在上海运输公司当学徒工了，我要去遥远的北大荒了，好朋友将天各一方。谁能想到，他送了我一双回力鞋！这是多么珍贵礼物啊！回力鞋是上海的名牌，鞋底坚韧有弹力，雪白的帮上嵌着红线，十分漂亮，在上世纪的整个60年代，乃至70年代，它绝对都是奢侈品，可是他竟然掏钱买了送给我！一双鞋9元多，那时他刚上班，一个月工资也只有12元。

我紧紧攥着鞋子，不知说什么好，他是我的好兄弟，在我倒霉的那个年代里，有谁能这么牵挂我，关心我啊？我们是从爱蟋蟀捉蟋蟀成为朋友的，小小的虫子连接了我们的友谊。

在北大荒，我从来不在劳动时穿回力鞋，不想让黑泥沾染了它的白帮。我只在上集市时穿它，在开会时穿，在和朋友们玩耍时穿。它是我一笔宝贵的财富，一个带有温暖记忆的物品。

三

玩蟋蟀是秋天的事。过了秋天，进入冬天，你再怎么呵护，精心保护，虫子都要与世长辞，不像文物可以传世。宝玉藏之深柜，传至子孙，都有悠长的功利在里面。蟋蟀就不一样，再凶再好的虫子，就是活一百天，过了这日子，蟋蟀盆里空空如也，什么都变成了回忆。所以玩虫子的，都不是老谋深算的人，都喜欢鲜活的东西，图一时之快。十有八九，都是性情中人。

在夫子庙，我不仅买到了蟋蟀，更有意思的是，认识了一些虫友。第一次去，遇上了一个中年人，我看他挑虫子非常老道，就向他请教。他告诉我，怎样的虫子是好虫子，要头大牙大，颈子结实，六爪长而有力，鸣叫时翅翼要撑得高。他不但传授知识，还热心地帮我挑选。

他问我家住哪里，我说住河西，他欣喜地说，好啊，正好有个住河西的，我介绍你认识他，这样，你们两人就可以就近斗了。

他让我认识的是个做五金生意的老板，年纪不大，姓桂。而我第一个认识的虫友姓周，是一家大企业的工程师。周工还教我怎么养蟋蟀，怎么喂，喂什么，如何替它洗澡，如何安排最好的交配，讲得仔细周全。我不仅学到了知识，更是感觉到了虫友之间的热心肠。他还说外面卖的饲料不好，送了我一盒他自己调配的饲料，说是添加了许多有营养的东西。

报之以李，投之以桃，我送了他一幅毛笔字，写的是：盆里春秋，人生闲趣。

那个小桂老板也是个好玩的人。他的公司在条老街上，那条街一连串店铺都做五金生意，他的店是其中最大的。你如若到他的办公室去看，简直不敢相信，天下竟有这样爱虫的老板！他的办公室在二楼夹层里，用玻璃墙隔开了，不大，也就15平方左右。在他的办公室里，你看不到和公司业务有关系的东西，大概都锁在抽屉里了。桌上是蟋蟀盆、水盂、饮料缸、网罩、斗瓮，左边进门墙边放个架子，上下三层，都摆满了蟋蟀盆。靠窗也有一个架子，也摆满了盆罐。他桌子后有个柜子，上面放着刚从网上购来的蟋蟀过冬保暖箱。桌前放着两个小箱，也是从网上购来的，是专门养三枪（即雌性的）。为了让蟋蟀斗士有优良的交配，但又不纵欲过度，每天晚上他都要把三枪放入雄性的盆里，早晨又把它抓出来。近百个蟋蟀，工作量够大的了。因此，他公司里打扫卫生的员工，负有另一项任务，就是每天刷洗饲料盆和水盂。

听周工讲，小桂养虫的历史不长，但是他十分投入，精心研究，所以，他养的虫已经非常厉害了。如果按我母亲当年的标准，他绝对算得上玩物丧志了。不过，他的父母似乎并没有太限制他。照理说，他们是家族企业，父亲年纪大了，事业正要传到他的手上，他心猿意马，他们能不着急吗？由此可见，他的父母颇有散淡之意，而我母亲当年的望子成龙之心，实在是太强烈了。

一天，我接到一个电话，讲的是外地口音，说了一会，我才明白，原来是山东过来的蟋蟀贩子，姓李，不知哪天我在夫子庙给他留了手机号，这次他带来一批新虫子，就想到我了。一个小时后，我在花鸟市场外和他见面了。

山东李个头不高，皮肤黝黑，挺壮的。他带了近200条虫子，是新抓的，叫我一起拿下，可以便宜。我笑了，和他开玩笑，说，那不如你回家了，我在市场里摆摊子。

依我原来想法，已经有20来只了，不打算再买了。可是那山东李嘴甜，一个劲地叫我"哥哥"，哥哥长哥哥短，却是很要命的。我有一个弟弟，从1969年起，我下乡到黑龙江，他到江西农村，几十年都是天各一方，常年不见面，去年我到盐湖城，去他家住了几天。在一起时，他很少叫我哥哥，只叫我名字，两个妹妹也叫我"乔"。所以山东李左一个哥哥，右一个哥哥的叫，很让我心酸和感慨。

我情绪上来了，买了他20只，每只10元。可是一转身，他进市场卖了，每只卖5元。我不由想，这山东人挺有能耐的，不要听"哥哥"的叫声，也有狡诈的成分在里面。不过买蟋蟀就是图快乐，不在意5元10元的了。那20只里，虽然大部分都不行，但也有几只好的。

四

养蟋蟀，斗蟋蟀，其中也有哲学。却又不是一句两句说得清的。

去年我参加了一些场子，都是周工、小桂他们相熟的虫友自发组织的，规模不小，一晚上要斗上百盆。为了取得好成绩，我在自己的蟋蟀中精心挑选，最终选出了5只，一种生离死别之感油然而生。"风萧萧兮易水寒，壮士一去不复还。"对于人无所谓，可是对于虫子，不管输赢，基本上就毁了。我们都知道，许多蟋蟀一生只斗一次，因为是无畏的勇士，所以斗得极为惨烈，就是最终胜出的，也受到了重创。我的摄像机拍了好些蟋蟀生死搏杀的镜头，同时也录下了看客在旁边的点评：太精彩了！这只蟋蟀太能吃苦！不对，那只败的也能吃苦！它不行了，头咬出水了，赢的那只也不行了，也出水了……

我有几只蟋蟀斗赢了，但也毁了，不能再战了。残废成了胜利的代价。当然，也有赢了的蟋蟀，伤得不重，还可以再战。但我往往不忍心让它们再战。

我有两头好蟋蟀，在我的虫子里面是顶级的，一头是前面讲的豁头，另外一头是在河北人那里买的，我叫它玉身。它打斗了两次，十分惨烈，却都是赢的，最不容易的是，两次斗下来，它依然是全枪全须，这是绝无仅有的！虫友们都说它会斗。我没有想到的是，它是虫子里陪我到最后的那一只。

后来我不参加场子了，因为路太远了。那我只能自己和自己斗。这时候，已经 11 月中旬了，虫子已经苍老了，昔日的雄风不再了，可是养蟋蟀也不能过于和平吧。于是，还是把它们抓进斗盆里，但杀到一半，我忍不住用挡板拦开它们，我不想让它们在老的时候再遭到惨败，要让它们都保住不败的记录。说穿了，不是为了蟋蟀，其实是为了我！

人的天性就是好斗好胜，并有点虚荣。人就在小小的虫子身上，满足了自己潜在的天性。

我最见不得某些人，一旦他的虫斗输了，他就一把抓在手心里，决斗前倍加呵护的神情全没有了，脸上满是怨恨，好像这只蟋蟀倒了他八辈子的霉，他抬起手，往地下死命摔，闷闷的一声，蟋蟀只剩抽腿的份了。

可我只是为了玩。斗败的蟋蟀我可以放生，放到草地里泥地里，让它们自由，从来不摔死。失败不是死的理由。

说到底，我最怕的是给蟋蟀送终。晚秋了，早晨打开盆盖，却见蟋蟀翻了白肚子，静静地躺在那儿了。我难过，心里半天都堵。我不明白为什么蟋蟀死了一定要翻白肚子，为什么没有趴着死的蟋蟀呢？尤其是我根本不知道哪一个蟋蟀的死期哪一天到，它们曾经是那么勇猛、活力四射，现在老了，死神突然找上门了。以后的日子更加可怕，打开盖子，死的不是一只，可能是两只，也可能是三只四只，有时候更多。就是说，我每天都要给心爱的勇士送葬。没想到，这些虫子让我多愁善感起来了。

死是哲学的核心。因为这些蟋蟀，我每天都要接触哲学。

年轻的蟋蟀都是吃得肚子大大的，看见蟋蟀肚子大的，证明它还是年轻的。到老了，它吃少了，甚至不吃了，放美味大餐在它面前，要是以前，它肯定是饕餮大吃，现在却不去碰一碰，你用丝草引它，它竭力张开一对大板牙，发出最后的鸣叫，露出厮杀的凶相，每每引它到美食跟前，只要丝草一收，它都回过头去。美食和苍老无缘，美食和死亡无关。

中国的老古话说，蝼蚁尚且贪生，说的一定不包括蟋蟀。它是到死了还要战斗，却拒绝美食。蟋蟀的一生超不过一百天，（有人试图用保温的各种措施，让心爱的蟋蟀过冬，却总是徒劳。）它是宁愿辉煌的死，轰轰烈烈的死，却也不愿意苟活。这和日本的樱花有点像了。

再讲玉身吧，这次我看出来了，死神已经找上它了。玉身的身子已经变硬了，死亡的颜色笼罩了它的外壳，但是，当我把草伸过去，它还是努力迎上来，张开它的大牙。听到边上盆里的虫鸣，它奋力抖动着身子，不过，翅子已经撑不到原来的高度了。

我已经不敢打开盆盖了，惧怕见到不堪的景象。然而，每天早晨，我还是心里发颤着打开盖子，总是见到玉身活着，尽管身上的壳已经收缩了，颜色更枯萎了，像埃及的木乃伊了，但它还是活的，还会动,双枪双须是全的。有时连着几天都没有开盖,但它还是活着,平静地活着。一只虫(一个人?)孤独地活着,不发声地活着。终于有一天,我打开盆盖,它死了,白肚子朝天。我从心里长长吐出一口气,这段历史结束了。这一天2011年12月12日,农历十一月十八日。

为人做媒

大概在 20 年前，可以毫不夸张地说，我和我的太太是专为人做媒的月下老。可又特别地顺，几乎是随心所欲，怎么介绍怎么成。

那时我在上海读大学，临近毕业，我一个知青朋友对我说，他有一个弟弟，和我一样，也是华东师大的学生，30 岁了，只懂读书，还没有女朋友。问我有没有合适的。我一想，有呀，邻居家有一女，也 28 了，人长得很高，眉目清秀。于是就约在襄阳公园门口见面，见了面我就离开，由他们去谈。几个星期后，我见了女孩子，问谈得怎么样？她说，那男的意气风发，高谈阔论，都是讲科学发展，自己的研究远景，半点不谈风月。我说，那你一定觉得他没意思了？她低了头说，这倒也不错。我说，那你们就接着谈呀。她说，他没有要我地址、电话，我也没有他的地址，怎么联系呢？我忙给知青朋友打电话，问怎么回事。他说，他的弟弟对女孩子印象很好，还等着我再牵线哩。我笑骂道，有他这么书呆的！这一对当然成了。

毕业后我到南京，住在太太的单位南京市第二卫校。一天，一个女的副校长和我们说起，她的妹妹在上海，独身一人，又在自学本科。我略略一想，说，有了，我有一个好友，是个数学迷，在黑龙江农场就自学不辍，当时在上海数学研究所当研究生，长得也不错，像体操明星李宁。那副校长立时兴奋起来。我们想了一个方法，让我的好友买一张几天后的电影票，寄给她的妹妹，他们在电影院里见面就是了，省了我们赶回上海。不出十天，我们又见了副校长，她说，还真成了！当下一见面，两人都有意，电影也不看了，穿过半个上海，到外滩大堤上加入谈情说爱大军了。接下来，男的帮女的复习，考上了文凭。后来男的到美国留学，女的也跟出去了。

那个时候，我和我太太真是神了，指哪打哪，介绍哪个，哪个成。我生甲肝住院，护士是二卫校的学生，等我出院，她就和我们朋友的一个儿子谈上了。报社一个记者，我们认识不几天，就和二卫校的青年老师好上了。那时我们介绍成的不下十对，酒席、蹄膀吃得晕乎。

悠悠时光，十七、八年过去了，忽然发现不灵了。有人要我介绍，一女是坐机关的，丈夫意外事故身亡，十多年里洁身自好，40多岁了丰韵犹存。我介绍的男的也是有身份有模样的。是在茶馆里见面，那天谈得很不错，男的话锋雄健，女的眼里流出柔情。我和另一个介绍人暗暗得意，看来八九不离十。哪想到没多久两个就梗住了，今天你来劲了，我没有劲，明天我来神，你没神了。自然无下文了。我不由沮丧。还不信邪，又介绍几个，都是有始无终，这股劲才算冷下来。

仔细想来，似乎有不少理由。当年我们当月老，社会百废待兴，大家感情、思想都比较简单，还算年轻人，干柴烈火，当然一点就着。现在我介绍大都是中年人，各自都有情感的积攒，又带着防护的面罩，再加上开放的大环境，哪有这么容易？

一句话，我兴过了，不该我兴了，再兴就是别人的事了。这池塘里的鱼钓光了，就没有鱼了。这么想就坦然了。不过，当时的风光还是足以让我自豪的。

高邮的食物

最近走了几个地方，其中，高邮的食物给我印象最深。

那天早晨起来，说是不在住的地方吃饭了，到处面去吃面。车子穿过市区，开进一条不起眼的巷子。下车，眼前就是面店。这家面店没有气派的门楼，也不装修，没有雅致的大理石，没有鲜亮的瓷砖，没有阔气的桌椅，一句话，摆设十分简陋。店里放了四张方桌，放不下了，又到门外放了两张，都是油漆脱落，露出底胚了。盛面的碗也久违了，是改革开放前大食堂中常用的搪瓷碗，搪瓷也剥落了。

屋里分成两个空间，大的供客人吃面的，小的空间就是锅台。一个50多岁的妇女站在锅台前在下面条。有人介绍，她就是店主陈小伍。她不说话，手脚飞快，动作熟练。锅台四周站了不少人，都在欣赏她的手艺。也许是她已经习惯了，所以，没有一点不自然，那眼神似乎在说，不就是下面嘛，没什么，你们都会的，就是我下得年头多了些。旁边有一个帮手，帮她递碗、加水、放油的。

让我觉得新鲜的，是那些搪瓷碗。碗里放进油酱，放进猪油，就放进大铁锅，面条在水下，碗在水上，那些碗在汤水中漂浮着，一荡一荡，就像一个个采莲人坐进圆缸里，漂在河面上，那景象十分别致有趣。有人告诉我，搪瓷碗里放进的是冷猪油，这么在沸汤中漂过，油就软化了。如果不放猪油，绝对没有这样的香味。

把一碗面拿到手中，吃进嘴里，顿觉鲜美爽口，面条细滑有韧劲。才知道我们跑进巷子里吃面是有道理的。

一旁的女记者指着碗中许多浅褐色的细点，对我说，这是什么，是虾籽，陈小伍的面馆不放味精，就靠虾籽来吊鲜味的。我说，怪不得这么鲜，这样的。

女记者又说，陈小伍10多岁就站在大锅前了，下了40多年面条。现在年纪大了，她想过不干，可是店里用了不少人，都是亲戚朋友，一大伙人都靠她就业、吃饭，如果她不干了，就可能影响生意，所以她就不退了。

我有个疑问，就说，陈小伍下面条这么多年了，生意又好，怎么到今天面馆也不好好装修，还是这样的环境呢？女记者笑了，说，高邮人就是这样朴素的，陈小伍下面，味道鲜美，可是她从来不滥涨价，就是为了让附近的老百姓都吃得起。

我想，她说得一点都不错，我们吃的面是虾籽作调料的，还加一个荷包蛋，也就3元钱。要是放在南京，这点钱是吃不到鲜美的面条的。

现在我们吃饭都讲究环境，这没有错。有人觉得，如果环境不好，就觉得不上档次。其实在大酒店里，你吃饭花的很多钱，都是为高额的房租，为豪华的装修埋单。我们常常在一些貌似高档的酒店里，吃到糟糕的饭菜，这是很令人倒胃口的。相比之下，我情愿在简单的饭店里，吃到原汁原味、新鲜可口的饭菜。

我甚至觉得，吃这样的虾籽荷包蛋面，一定要和汪老的大淖，和这个朴素的面馆，和搪瓷碗在汤锅里漂浮，联到一起，才能吃得有味，才能感受到高邮的特殊情致。

我还想，陈小伍年龄大了，总有不再站在锅台前的一天，那么，会是谁来接她的位置呢？接过之后，原汁原味还能不失传吗？面条还能这么价廉物美吗，还能成为老百姓的日常早餐吗？

这次在高邮，我吃到久违的双黄蛋了。

小时候在上海，高邮咸鸭蛋是脍炙人口的美食。常常有人挑着担子，近黄昏的时候，走进上海的弄堂。挑担人一身短衫，戴一顶草帽，夕阳把他的身影拍在斑驳的青墙上。这和马路上的车水马龙形成有趣的比照。他扯开嗓子喊：高邮咸鸭蛋要伐？高邮咸鸭蛋！

后来很多年里，在上海都看不见这景象了。我常常想起那副担子，一根扁担挑起两个筐，筐像是草编的，底下垫着硬板子。挑担人就是用这副担子，一步一晃，盛着高邮的乡土人情，行走在大上海的弄堂里。

我记得，生意是很好的。上海人都喜欢吃高邮咸鸭蛋，挑担人的肩上很快就会轻起来。劳动阶级买了两个，就着老酒，剥着吃起来，再艰涩的生活，这一刻也是甜的。

上海的本帮菜系中有一道菜，说不上名贵，却是十分符合上海人的口味，叫响油鳝糊。那时我们家上饭店，父亲总要点这道菜，我们兄弟姐妹都喜欢吃。鳝鱼烧好了，上面放了切细的葱和姜末，端上桌子了，再浇上烧沸的油，哗的，发出一声响来，听了心里十分欢快。要是声音不响，怎么能叫响油鳝糊呢？

后来，我长大了，走了好些地方，都没有吃到好的鳝鱼。不声不响也算了，味道也不对。究其原因，是多方面的。有的是原料不新鲜，有的是手艺不行。更可怕的是，据说养鳝鱼的人给它吃各种药，包括吃避孕药。弄得很多人要和鳝鱼绝缘了。

然而，这次在高邮，却吃到了地道的鳝鱼。高邮人习惯叫软兜。虽然它不响的，却十分鲜美。我相信它是和得天独厚的高邮湖有关，也和高邮人精致的厨艺有关。

这样一个老板

遇上年轻人向我借钱，免不了要给他们讲一个故事。故事是这样的。

那是1992年，在去上海的火车上，我遇上了王君和他的助手。王君是做电子管生意的。当时不用银行卡，他助手的西装内口袋里装了厚厚的百元大钞，把衣服都顶了出来。我和王君谈得很投机，话题广泛，包罗万象，大有一见如故的感觉。不知不觉到了上海。王君说要住宾馆，我说，我有一个亲戚在七重天，你们可以去那里住。

就这么认识了，没有再见面。一天，我的一个至爱亲朋要开公司，但注册资金不够，谁能借钱给我呢？我在大脑中搜索，王君的形象跳了出来。可是，我们不过是火车上的一面之交。但不找他又能找谁呢？我打电话给他。

王君的回答很干脆，你后天来拿吧。后天我去了，他的商铺在玄武门对面。他的太太在店里，对我很和气，让我先坐坐，说王君马上就来。一会，王君来了，骑了一辆本田的4缸摩托车。在1992

年，这种车是很时新的。

他问太太。太太说，钱从银行取出来了。她打开抽屉，拿出6叠百元大钞，王君接了给我。我说，谢谢，真是谢谢。我注意到他太太的神情始终淡定，并没有因为借钱给一面之交的人而惶恐不安。

4天后，我把6万元钱还给了王君。

我对年轻人讲这故事，用意是显而易见的，令我失望的是，很少有人还钱给我。

去年，我去王君的住的巴厘原墅看望他。坐在他亲手布置的家庭影院里，我们喝着普洱茶，继续着16年前就开始的话题。由此知道了一些令我吃惊的秘密。

他说那年借钱给我时，他所有的资金，包括商货，也就50来万。我笑着说，那你怎么敢借6万元给我？他说，我会看人。

就在借钱给我的两个月后，他遭遇了一场恐怖的车祸，左大腿断成五截，还断了两根肋骨。司机重伤，坐在副驾位子的人当场死亡。而他的太太坐在他的身旁，却毫发未伤。我不由想起借钱那时他太太淡定的神情，我想大度之人是有福的。

车子是从单位借来的，所以，一切损失，包括死亡人的抚恤金都由王君承担。为此他几乎花光了做5年生意的所有积累。但是，我的这位在火车上相识的朋友，这位通读过《资本论》的年轻的老板，并没有就此一蹶不振。一个月后，他的伤还没有康复，就从病榻上爬起来了！开办了一个制作电化教学设备的公司。他以勇敢无畏的姿态向噩运宣战。

我早就知道，他的公司运作得很好，很多学校公司都用他们的设备。他是鼓楼区的纳税大户。几年前，他突发奇想，把公司送了人了，他想过一种更为自由、清雅的生活。他看了南京郊区许多房子，最终买下这处别墅。这是一个幽静美丽的地方，在汤山的半山腰，浴缸笼头放出的是温泉。王君是一个电子专家，家里的遥控红外线灯、指纹锁都是他亲手安装的。我在这里流连忘返,有一种在科技王国的感觉。

我们走到山坡上,满山的树悉悉作响。王君伸手指着天空,说,这里的天特别清朗,空气的感觉都和城里不一样。尤其是晚上,你可以看见天上的星星,许多星星,闪闪发亮。我发现,此时他身上散发出诗人的气息。

我知道他喜欢书法,就带了一本册子给他。这是我们江苏作家书画联谊会办的。我对他说,经费是鸡鸣寺赞助我们的。他问,鸡鸣寺?我说,对啊,怎么啦?

他说,每年的正月初一,他和太太都要到鸡鸣寺去,因为那位车祸死亡的朋友的骨灰放在那里。他们要去看他。

我的知青生涯

前些日子，接受快报的记者采访，才恍然想起，上山下乡运动已经四十年了。四十年前，全国几千万知青奔赴农村、边疆。那时候怎么想得到以后会是如此结果，同样在今天回忆当年，也恍如隔世。

先讲两件事情。前年农场建场五十周年，许多知青都回去了，故地重温，十分感慨。有一个当年的复员军人，是黑龙江碾子山人，也回去了。曾几何时，他当过上海知青的连队指导员。这次，他见了上海知青，居然一个个都能叫出名字，一百多号人，没有一个搞错。大家都惊讶。他说出原因，原来几十年间，他几乎每天都要默写一遍上海知青的名单，周而复始，从不间断，所以，这连队仿佛就是昨天的事。大家唏嘘不已。

再讲一个上海女知青，当年她长得不漂亮，嘴唇较厚，促狭的男同学就给她起绰号，猪八戒外甥女。几十年过去了，那些漂亮的女同学都老了，脸上爬满了皱纹。她却因为肤色深不显皱纹，反倒显得年轻了。知青联谊，很多事都是她干的，知青网站也是她负责，大家都觉得她生动，有活力。今年，她突然生了重病，危及生命。开刀那天，许多知青一早就赶到医院来了，有原来农场的，也有回上海新认识的，大家送来了鲜花，握住她的手，不断鼓励她，希望她能闯过这一关。我不在上海，但这个场面在眼前浮现，我不断地想象它丰富它。现在她的身体比很多人都好，不停到全国、到海外去旅行。

现在讲我自己。其实在发指示之前，我已经要求下乡了。动乱中，我家遭到了毁灭性的打击，被扫地出门，状态就如崔健唱的，一无所有。可是，这并不妨碍我那时的文革热情。反省、忏悔都是以后的事情。

1968年深秋的一天，在淮海中学的大楼里，一群学生要求上山下乡。我印象最深的是上海中学的几个女学生，她们个头都不高，但是热情非常高，蹦着喊着，坚决要求到内蒙古去插队。当时说到内蒙古有烤羊肉吃，有羊奶喝，她们问我去不去，我心里还在犹豫，可是幻想中那条羊腿就吊在眼前，烤得香气扑鼻。那时我家已经被抄过家，吃的是老菜皮，严重缺少营养。她们紧逼我回答，我一咬牙说：去！回到家中，妹妹知道了，笑嘻嘻说，乔要去吃羊腿了。不知道是鼓励，还是嘲笑。父母是不愿意我去的，但他们都是批判对象，没法直说。倒是大哥对我说，那里不像上海，你要想想好。我回答，想好了。

不过，我还是没有吃到内蒙古的羊腿。第二年，1969年3月3日却去了黑龙江。写到这里，我浑身感到一种彻骨的寒冷，眼前又出现白茫茫一片，惟有红色的却少有热量的太阳悬在这无境的白色之上。我想，幸亏那年我只有18岁，要不然一定受不了。

那时的劳动是单调的，而我却一直保持着强烈的学习愿望。后来我很多次地想过，如果没有文化大革命，我一定会学理工科的。是特殊的条件造就了我的人生之路。

那时候学习条件十分艰苦，白天要干活，晚上50来人住一个大屋子，睡南北大炕。我拣了最里面的铺位，在炕前放一个水桶，桶上放一块搓衣板，就是椅子了。桌子没有，炕面就是桌子。于是，在大多数人醉心于扑克和象棋军棋之际，我开始了文学练习，写小说，同时练书法。没有纸，就到分场办公室去拿报纸，一抱就是一大叠，没有几天就写完了，又接着去抱，源源不断的报纸使我从来没有缺过纸。

当地有民谚，说东北有三怪，其中一怪就是大姑娘叼烟袋。可见抽烟有多盛行。可是我不想抽烟，但一屋子人都在抽，抽得烟雾腾腾，就和洗澡堂里的水汽一般。我就是不加入抽烟大军，起先同伴们不相信，放言说，不过两个月，你一定和我们一样，两个鼻孔进进出出。一年过去了，两年过去了，五年过去了，他们都折服了，以后遇上外分场来人递烟，同伴反而替我解围，说你们不要白费劲了，他是决计不会抽的。其实我当时这么做，也不为别的，就是为了考验自己有没有恒心，立一个决定能不能坚持下去。这个能坚持了，那么其他的写书法，写小说啦就都可能坚持下去。不过，也有遗憾，那些日子，我被动抽烟实在不少，抽的都是二手烟。

来了一个上海比乐中学的老高中生，长得高高的，白净，却清瘦，说是生过腰子病。我给他起了个绰号，叫提鸟笼。其实他手上并没有鸟笼，但我觉得他的神态像。他带来一个箱子，那箱子和别的箱子没有两样，没想到里面装的全是书，都是他在文革中，从学校图书馆偷出来的。现在回想起来，我太感激他了。如果没有他的窃书，决计不会有我的创作。我记得首先看的书是梅里美的《嘉尔曼》《高龙巴》，是一本不太厚的书，两部小说选在一起。我躺在散发出香味的麦垛上读，读完了，我的心久久不能平静，吉普赛女人为了自由那股疯狂劲，使我惊诧不已。我想如果我能写出这样的小说，该有多好。接着看了雨果的《九三年》，那种强烈的如几根钢丝绞到一起的情节让我呼吸不顺畅。但当时不太喜欢托尔斯泰的《战争与和平》，它节奏太慢了，上来老是写跳舞，写宫廷里的社交。当时我年轻的心不喜欢过慢的节奏。但《安娜·卡列尼娜》还是挺喜欢的，一个美丽的女人的叛逆故事是生动而震撼人心的。

说起来挺好玩的，当时除了写作，有一段时间，我的理想是当一个劳动模范。

那时候我当排长。这是一个苦差使，是带着大伙干活的官，可是我并不在乎。我想，如果能当上场部的劳模，戴上大红花，上台领奖是非常光彩，在女孩面前的感觉也不一样了。我干活很厉害，我的右肩斜，是美人肩，扛麻包不行，要往下滑。但我膂力非常强，是练哑铃、压械铃练出来的，所以我喜欢干往脱谷机里喂谷物这类活。还选择站在仓口第一位，那地方灰屑特别大，要戴风镜，一天干下来，除了牙齿，全身都是黑的。而且，那位置的劳动量特别大，几路人用叉子把谷物叉过来，就你一两个人往机器里送，一刻没有停的。偷懒的人是死活不肯站那个位置的，但我去了，就往那里一站。

那年兴安岭着火，我参加了扑救队，那是极为艰苦的。九天时间，始终在山里转，哪里有火，就往哪里赶，晚上没有地方睡觉，有一天进了一个小山村，进了一间屋，倒在地下就睡着了。第二天醒过来看，就睡在猪圈边上。直到下了一场大雪，火才灭了，回到农场，去的人一半都生病了，我却好好的。

不多久，我果然当上劳模了。我的理想实现了。

有不少女孩挺喜欢我的。一天，有女同学告诉我，有一个女孩子在梦中叫我的名字。进入冬天了，天黑得早，一屋子的女孩子大都没有睡，有的在打毛衣，有的写信，一个女生却睡着了，她在梦中喊了我的名字，好些人听得清清楚楚，她喊了三遍，翻了下身，又迷迷糊糊睡着了。

我听到这个消息,有一种说不出的感觉。我和她都没有讲过话啊,有点委屈,又有点惊喜。以后,我暗中看了那个在梦中叫我名字的女生。是个高中生,比我大,是哈尔滨人,脸白白的,眉眼不生动。说真话,我对她没有印象。

大概干了四年农活,上面调我到总场宣传科去了。他们听说十一分场有一个写小说的,就把我调走了。这是很不容易的。要知道我们农场先后来过二万名知青,有上海的,有天津的、哈尔滨的、齐齐哈尔的,高中生有一半,中间能写的会少吗?可是他们没有调高中生,却要了我一个初中生。出身工人贫农家庭的有的是,却调了我一个资产阶级家庭出身的。现在我还心存感激,因为在文革前几年,已经开始讲阶级出身了,我被沉重的黑帽子压着,心里一直压抑。没有想到了黑龙江,居然不计较我的出身了,让我又惊又喜。

我在宣传科干的活不少。农场广播站的稿子都由我处理,或自己写,或编人家的。劳模大会的材料大都是我写的,电话会议的报道也由我写。我笔头子特别快,往往电话会议一边开,我一边写,会刚开完,我的稿子也写完了。为此我挺得意的。

1978年高考恢复了,当时我已经不在宣传科了,在二分场中学当老师。

我的目标是考回上海的大学去,但这谈何容易!当时农场还有一万多知青,光上海来的就有三千多名,而上海的大学名额极为有限,一个农场也就三四个。为了达到这个艰巨的目标,我对自己要求近于残酷,每门课至少要考到100分中的85分。

语文、政治还好说,我在宣传科干过,总能对付。难的是数学,我只是一个初二生,高中数学一天没学过。但我的数学天分还不错,我的做法就是不耻上问。遇上难点了,自己不钻研,逮住人就问。因为我没有时间啃,必须在半年之内学完三年高中数学,时间太金贵了,耗不起啊。我问的都是老高中,问的最多的是数学老师杨光。

他也是上海知青，戴一副黑边眼镜，镜片后的目光很清亮。他的解答十分清晰，无论我提什么难点，他三句两句话就能解释清楚，还特别耐心，有时我夜里去找他，他已经钻被窝了，立马披了衣服起来，替我解惑。现在想起他，我还心怀感激，要不是他，我哪能考上大学啊？

一天，杨光来找我了。他说，他班上有几个学生，挺有希望，就是作文把握不大，能不能把我准备的作文给他班上的同学参考。我吃一惊，这怎么可以？当时我们没有复习资料，比如政治，是我们几个人分头去找资料，拼凑出一份标准答案的。同时，我精心写了几篇不同类型的文章，准备考作文用。如果他们拿去看，背下来，考试的时候照抄。阅卷老师看到同样的文章，说不定还以为是我作弊，抄了别人的，这还了得！

他说，你不要紧张，拿到的题目肯定不会同你写的一样，到时你可以灵活应用，随时调头，他们就不会了。他们是犟头电风扇，只朝一个方向吹，你是活头电扇，转来转去都由你。

被他一说，我不好意思了，毕竟人家无条件教你数学，再说他也是为班上的同学好。只得拿出几篇自己精心准备的作文，交给他。他一迭声地感谢，拿了就走。听说回去就被他班上的同学抢走了，几个希望之星人手一份，摇头晃脑背起来。我听了，心里不受用，只得一再告慰自己，杨光没说错，他们是犟头的，我是活头电扇。后来根本没用上，那年的作文是给一篇文章，让你缩写。

几天下来，我考得还算顺利。最后一天下午是考数学。我这考场是考文科的，大部分人都不会数学，早就没事了，理应交了卷子出去了。哪想到突然下起暴雨，雨如同从天下倒下来一般，雷声隆隆。考生走不出去，就留在考场里，不由得说说笑笑，聊起天来。而我恰好被一道几何题卡住了，按理说，一般的几何题我都应该能做出来，可那天就是卡住了。我心急火燎，可耳旁的说笑又十分烦人。我只得向监考官提意见，考官就和他们说，刚说还有用，一会就不行了。你想，多少日子里，考生没日没夜地复习，现在不管结果如何，总算考试捱过了，谁不想放松呢？当时一个考场里就只有我和另外两个人还在做题，其他人都在说笑。甚至监考官闲得无聊，也参加聊天了，考场犹如茶馆一般。

  天哪，可以说，这是中国高考绝无仅有的景象。没有其他办法了，我深深呼吸，凝聚精神，把周围一切都抛开，把风声雨声雷声，把呱噪声全部抛开，只身和题目决斗……

  结果，我考上了华东师范大学中文系。新的生活开始了。

一个极具色彩的夜餐

如果那天不是因为和法国朋友谈中国文学谈得这么晚,我们是可以先吃点东西垫垫肚子的。参加座谈会的法国朋友以女性居多,她们对中国文学新鲜、好奇,可以说所有的法国人都是艺术家,她们提了许多问题,认真地和我们探讨,使我们颇受感动,所以我们几个不厌其烦地阐述、解释。等到座谈结束,已经6点半多了,而大会通知晚会是7点钟开始,吃饭来不及了,听说晚会上要供应自助餐的,那就算了,忍一忍吧。

晚会在一个大型的剧场举行,会场很大,呈椭圆形,我们去的时候,已经来了不少人,有各国的作家和圣丹田市当地的各界人士。会场里很热闹,不知不觉,法国人特殊的风情把我吸引住了。所有的人都在谈话,尽管这里不是酒会,也不是Party,而是剧场,有着一排排座位,但他们不受一点影响。他们站在那里,三五成群,谈得那么热烈、兴奋,有的前仰,有的后合,每个人脸上都充满了自然的笑容。正说着话,来了一个后到者,这个圈子里的人就停下来,和后来者打招呼,每个人都依次和他拥抱,脸颊相贴。因为语言不通，我不知道他们在谈什么，但我想任何一个话题都可能引起他们的兴趣。真的，这种无拘无束的谈天场景，我从来没有在其他任何地方见到过。莫非这就是法兰西的风情吗？

我看见了圣丹田市的市长，他也挤在人堆里谈话。那天下午，在图书展览会上，我们把礼物送给他，是两幅国画。他就一个人接受我们的礼物，身边也没有助手，等要握手时，他把两幅画匆匆挟在腋下，腾出手来，叫我看了新奇，总觉得和我们理解的市长不一样。此刻，他也扎在人堆里，和人畅怀大笑，和后来者拥抱。

这样的场景虽然吸引人，但我们的肚子开始提抗议了，我觉得特别饿，我的同伴也觉得饿。我们不知道自助餐什么时候吃，开会前还是开会后？看看7点钟已经过了，可是，那些可爱的法国朋友依然沉浸在谈天说地之中，难道他们就一点不饿，还是已经用食物垫过肚子了？他们谈得眉飞色舞、兴致勃勃。我们却饥肠辘辘，愁眉紧锁。足足延迟了一个小时，将近8点了，差不多人满了，组织者才宣布晚会开始。

应该说，法国人的艺术节目是很不错的，但是我们太饿了，情绪受了影响，所以没有在脑子里留下什么印象。近两个小时的演出好容易结束了，组织者说了一句富有激情的话，会场里都欢笑起来。我们听不懂，连忙问翻译。翻译说，意思是叫大家一起吃晚餐。可是全场观众两千来人，在哪吃啊，怎么吃啊？翻译也不明白。他就去打听，一会回来告诉我们，就在前厅吃。

我们来到前厅，一下愣住了，我此生还没有见过这么多人一起吃自助餐的。前厅里空荡荡的，没有桌椅，挤满了等着吃夜餐的人，大家都站着。这时，一辆辆木制的仿古的车子推出来了，有的装满了葡萄、洋桃、果梨，有的装满面包，有的装了各种颜色的葡萄酒，一辆一辆都推到我们中间来了。又有穿白制服的侍者，手托盘子，盘里是闪闪发亮的酒杯，在我们中间穿巡。于是，自助餐开始了。

香槟打开了，酒如礼花一样喷洒出来，喷在人身上，有人还用手去抓。到处都是酒香、葡萄香、面包香，到处都是欢声笑语。我们在人堆里挤着，挤到木车子边上，拿一串葡萄，拿一块芳香的面包，凑不上去的，就由前边的人递给他。大家都用手抓，抓了就往嘴里塞。这时我才知道法国朋友和我们一样，都没有吃饭，他们在饶有兴趣等这个规模宏大的自助餐。他们喜欢把等待的时间延得长长的，等的时候他们一点都不急，放松自然，这大概是法兰西的又一种风情吧。

看到那头一阵动，才知道是烤乳猪来了，都说这是法国的名餐。挤到跟前，就见两个年轻的厨师，都胖胖的，手握利刃，在快速地切割烤成金黄色的乳猪。一拨人到跟前，拿了离开，另一拨人上来。我也拿了一块，走到边上吃，却吃不出什么味，还不如新鲜的水果、面包好吃。

吃不一会，我就饱了。当我们离去的时候，许多法国朋友和一些国家的作家还在尽情地享用。客观地说，那天用餐的人确实太多了，花式品种也远没有我们国内自助餐多，但是，那种轻松、自由的气氛却留在了我的心底。

养儿子当儿子都不容易

情愿不情愿都走这条路

儿子在幼儿园的时候,我写过一篇文章,《儿子是什么》,谈有了儿子的种种感觉。一眨眼好多年过去了,现在他已经是高中一年级的学生了。又记得1994年,他刚上小学,我带他去北京,回来的时候,他竟然在北京火车站走失了。在寻找他的一个半小时内,我四处狂奔,喉咙都喊哑了,感觉中天已经坍下来了。现在他身高1米81,一副沉思静默的样子,你要他走失也走失不了啊。

现在,我真的感觉到养儿不容易,我想,如果反过来问我的儿子,他或许会回答,当儿子不容易。谁都没错,只是角度不同。

儿子在五年级前一直好好的,成绩也不错。 次代表学校,出外参加数学竞赛,他的成绩还是全校最好的。然而,到了五年级下事情就来了。一天,妻子回到家,像是阿里巴巴发现了强盗藏宝的山洞一样,对我说:"你知道吗,不得了啦!我们太糊涂了,老何的儿子早在外面上奥数班了,老陈的女儿也在上了,星期六星期天从来不休息,可是我们现在还在睡大觉,这怎么考外国语学校?"我愣了一会,问:"难道一定要上外国语学校吗?"她说:"怎么可以不上,我们的儿子可以不上吗?"我无言以对。在儿子的培养问题上,我从来是顺其自然,随其天性发展,但是,社会上的择校形势如火如荼,越演越烈,而妻子的逻辑是如此强烈,我只有败下阵来。

从此,儿子参加了强化训练,再没有了休息日。那个暑假非常炎热,早晨我们送他去,骑车在路上,太阳一升起来,天地间就火辣辣的了。教室里当然没有空调,临时放了几台电扇,儿子却又不坐在电扇旁,半天课上下来,脸蛋憋得通红,我看了心里痛惜,问儿子,他还没有回答,妻子却插上来:"为了考上好学校,热一点又算得什么!"我发现在这类问题上,一般来说,女人总是比男人深明大义。儿子发现了我们之间的差距,淡淡地说:"来都来了,我不热。"上午在外上强化班,下午我们就让儿子在家学习。可是几天后,妻子又发现新情况了。她说,一些旁的学生中午根本不回家,他们由家长陪着,随便吃点东西,下午赶到另一处上课,到了晚上,还要到另一个地方学外语。还没有等她说,我就不乐意了。她心里是想加码的,但也不好明说,两人争执不下,想出一个裁决方法,听儿子的意见。这次他站在了我一边,干脆地回答:"不上。"

大概一年多时间,儿子像一支织布的梭子,一直在学校、强化班、家三者之间穿来穿去,几乎没有其他活动,人瘦了许多。说老实话,我真不希望这么做,可是这里的动力主要来自妻子,她几乎把这当作人生最重大的事,毕其功于一役。而儿子也被各方面逼着,被动或主动地用功起来,我还能说什么呢?皇天不负苦心人,激烈的外国语学校考试,终于过去了,儿子还算不错,差了几分,要交一笔不菲的赞助费。都到这个份上了,还能不交钱?

孩子可爱比什么都重要

进了外国语学校，没想到遇上了新问题。说实话，我对儿子的感情很特殊，我曾经单独带了他好几年。我一直记得一个细节，那时他大概5岁，在忆明珠家中，我们正在说话，忽然他自说自话发言了："共产党厉害，国民党不厉害。"我们顿时奇怪了，他怎么说这话？忆明珠老先生问他为什么，他说："共产党有枪，国民党没枪。"我们大笑起来，笑了许久。所以，我一直觉得他是个天真可爱的孩子。可是，进了外语他面临很严峻的挑战。外国语学校初中招的学生多，考高中要淘汰一批人，他们班大概要淘汰三分之一左右。也就是说，你好还不行，还要别人差，如果你好了，别人比你更好，那淘汰的还是你。这种竞争是挺残酷的，是面对面的淘汰。如果是统一全市考试，那你还不知道被你淘汰的是谁。可这不一样，竞争对手都是认识的，哪个人如果好了，他淘汰的可能就是你。在这种压力面前，孩子还可爱得起来吗？应该说，我的儿子很贪玩，学习时松时紧，好些老师都认为他天资不错，但像他这么不懂事的孩子全班没有几个。这么说也不公平，实际上到了初三，他也感觉到了压力。他也想用功，可是自制力不够，管不住自己，这时他也很烦躁，你对他说什么，他总是说你嘈，嘈死了……逆反情绪很重。

我心里很不舒服，也了解到一些班上的情况。有的学生请了家教，却对人说从来不请。还把自己看的参考资料藏起来，不让其他同学发现。我当然能理解，面对残酷的竞争，又在家长的唆使下，同学们的心灵是如此稚嫩，他们有这样的行为一点都不奇怪。但我担心儿子的性格也因此而扭曲。所幸的是，这时我发现了儿子的优点。每年教师节，他都要回到母校长江路小学，去看他的班主任老师和任课老师,给她们送上小小的礼物。他用的是自己的零花钱,和其他同学合起来,买一束花、一张贺卡、一支笔。我当过老师,我知道这样些小小的礼物,在老师的心里会激起温爱的浪花。我为儿子的这种做法而欣慰。

一天,儿子和他的妈妈一起到南艺音乐厅去听音乐,遇到了苏童。第二天,苏童在单位里遇上我,对我儿子大加赞赏。他赞赏的语言很独特,说我儿子长得很大气。我听了当然高兴,但我希望他指的不仅是儿子的相貌,而是指他的精神,这样我会更高兴。这时,我和妻子的想法还是一致的,我们主要是鼓励儿子,让他树立信心,肯定能行的。他能留在外国语学校的,但必须切切实实地努力。只要努力过了,万一中考没考好,那也没有什么了不起。有了我们这个态度,他的情绪就好多了。

这时候,又发生了一件事。儿子突然生病了,得了荨麻疹,发起高烧来。这是一种传染病,医生马上让他住院。糟糕的是学校自定的外语考试马上就要开始了,而这是要计入中考总分的。儿子很坚强,他垂着头,低低地说:"我考。"就这一刻,我意识到儿子长大了,我用手轻轻地抚摸他的头发。到了那一天,学校没有让他去,而派来一个老师,考场设在了病房。对于儿子,这是一场特殊的考试,就是他的父母,活了半辈子,也没有遇到这种考试啊。由于那天他还在发烧,所以成绩很不理想,中考的不利因素更大了。我们都意识到儿子是在一个关键的时刻,我们没有理由埋怨他,只有全力支持他。

于是,等他病好了,我们就陪他学习,帮他抓考试的薄弱环节。他政治学得不好,好些题目的概念都混在一起,我就替他分析,一题一题弄清楚。他的妈妈主要负责他的外语和古文学习,一课一课让他背。在临考前的半个月内,我们两人都放下自己的写作和其他工作,什么事都不做,专门帮他复习。考试那几天,我们和许许多多家长一样，陪他去考场，专心等在校门外。特别是他的妈妈，看见儿子从考场出来，第一眼就看他脸上的表情怎么样，是轻松还是沉重。

　　这都成为过去了，儿子还是留在了外国语学校。现在是高一，这还不是一个可怕的年级，所以我们还是让儿子放松。他是一个十足的体育迷。他打篮球、踢足球，还买了AC米兰、曼联队的队服。有时候回到家里，他牢牢缠住我，晃着一个大脑袋，津津有味地讲他们班和别的班比赛的情况。这时，我心里美滋滋的。我觉得这是两个男人在共享体育的快乐。前些日子，他们班上有个女同学要竞选校学生会干部，他也热心地替她做宣传，拉选票，那时的一些龃龉早不存在了，孩子们还是可爱的呀。

　　现在儿子是高一学生，再过两年，就要面临高考，以后，还会有更激烈的竞争。这都是不可避免的。但我更看重他的素养、胸襟、待人接物。我希望他成为一个有品质的人，在我看来，这是更重要的事。

希望诗会

我以我无华的文字,记下日见疏淡的记忆,记下这个生机勃勃、妙趣横生的诗会。

大概是在 1981 年 5 月吧,当时我担任华东师大校学生会的宣传部长。我想,在人的一生中,总有一些时段是特殊的。如蚕的上山、麦子的灌浆,都是成长过程中极为宝贵和风发的阶段。那时正是思想解放运动前后,而我是在北大荒的黑土地上度过十年青春年华之后,再来到华东师范大学的。时代在转弯,个人思想也在转弯。那个时候,各种学界人士、社会名达经常来学校做报告。每天都有禁区被打破,我们犹如看见了击碎长空的耀目的闪电,看见了钻出沉寂土地的一片新芽,很多年后回忆起来,还是口角噙香。这样的时光怎么不是宝贵而要终生汲取的呢?

我想办一个大型活动,当时就和宣传部的其他同学,和我们的顾问毛时安一起商量。讨论很热烈,最后决定,办一个诗会。诗言志,诗抒情,办一个诗会来庆典我们的时代和抒发个人的情怀,是个好办法。先向全校同学征文,评出优秀作品,然后举办一个大型的诗歌朗诵会。诗会叫什么名字呢？大家七嘴八舌，想了许多名字，最后决定，就叫"希望诗会"。

我带了这个方案找了我们中文系的冉忆桥老师。冉老师是中文系的文艺演出的骨干，据说年青时演话剧是名角。她给我们上选修课，遇上好的文章，就会情不自禁朗诵一段，声情并茂。我们在下面听得如痴如醉。冉老师听了我的想法，当即叫好，她说，诗是属于青年人的，每个重要的时代都会有好诗涌现出来，历史上学校办过几个诗会都有影响，我们这个诗会一定能办好。冉老师的丈夫李振瞳先生也在场，他也是中文系的老师。他身材高大，面部轮廓粗犷，一副有质地的样子，当时刚在电影《曙光》中扮演了一个重要角色，是党内左倾机会主义的代表，电影放映后影响很大。李老师也说办诗会好，两人都答应给予支持，当诗会的评委和顾问，这让我很高兴，有一个好的开头了嘛。

应征的诗来了，大部分质量不错，但特别出色的比较少。我记得评出了一、二、三等奖，得奖的有李其纲、宋琳、徐芳、张晓波、张黎明、刘菲、汤朔梅、陈锦伦等。好些人原来相互间不认识，分布在各个系、各个年级，通过这次诗会他们相识相知了。不久，他们成立了夏雨诗社，打出中国校园诗的旗帜。所以我认为，希望诗会在华东师大的诗歌史上是应该提上一笔的。

那一天到了，却下起雨来。学校派出一辆小面包车，我们在大上海转了好几个圈子，开回学校的时候车子里已经坐得满满实实。其中有四十年代九叶派的著名诗人、我们年级同学王圣思的父亲辛笛，有译制片厂的配音演员、电影《悲惨世界》中冉阿让的配音胡庆汉，有电影演员达式常、郭凯敏、梁波罗、尤嘉等。

我们进礼堂已将近七点了。礼堂里已坐了不少人，见这么多名演员进来，同学们兴奋起来，不少人都围上来看，礼堂里的人越来越多，不一会就坐满了，走廊里也站着不少人。再过一会，走廊里都站满了，只好把东南两边的门关上，不再放人进来。哪料到形势顿时变得严峻起来，从门里朝外望，几条路上都是黑压压的人，都向礼堂涌来。晚到的同学挤在门口，和把门的同学争执起来，说，你们海报上不是说欢迎大家参加么，没有说要凭票入场，为什么不让我们进？同学告诉我，我一想糟了，当初只怕来的人少，不热闹，就在海报上写欢迎大家踊跃参加，也没有写凭票入场，谁想到会来这么多人？礼堂里挤成这样了，只能委屈他们了。费了好大的劲，才把两边的门都关上。这时雨下大了，关在门外的同学好多都没有带雨具，我心里很是歉意，但有什么办法呢，礼堂里只能容纳这么些人啊（那旧礼堂早拆除了吧）。遭了雨淋的同学大概很愤怒，就攥紧拳头，嘭嘭嘭，敲起门来，声音十分响亮。我们的诗会就是在敲门声中开始的。

  先是发奖，然后几个人简短地讲话，接着就是朗诵诗。达式常、郭凯敏的节目很受欢迎，中间插进同学们的朗诵，他们朗诵自己创作的诗，也颇受欢迎。我记得同学们似乎对梁波罗不以为然，他自己也感觉到了，我听见他在后台自言自语："见仁见智。"

  我走到来宾中间，有人拉我的袖子，我低头看，是辛笛老先生，我问："您老有什么事？"他悄声对我说："卫生间在哪里，我想小便了。"我就把他引出座位，那时礼堂里面没有厕所，厕所在外边。来到边门前，我忽然想到了，心里暗叫一声："苦啊！"礼堂外的同学还没有离去，就堵在门外，一声一声，正在猛烈地敲门，我们怎么敢把门打开呢？打开了，他们就会像潮水一涌进来，而且，裹挟着我和老先生，我们也出不去啊！我只得引着他从南门绕到东门，也是不行，外面也是一阵阵敲门声。我对着他苦笑，出不去了，怎么办？老先生也看出无奈了，说："那就不去了，我能忍。"我只把他送回座位，心里直怪自己，看我们办的什么事，老先生年近七十了，还叫他这么忍！

接下来是胡庆汉演出。他还是朗诵冉阿让的台词,他的音质非常淳厚,听起来美极了。冉忆桥老师是行家,她对我说,今天的节目,胡庆汉最好,那是朗诵的正宗,别人都达不到。这期间,我很注意辛笛老先生,他则向我微微点头,一点看不出忍的样子,倒是悠然自如。

轮到辛笛了。他走出位子,步子稳健地走上台,在舞台灯光的打照下,他和善的脸上闪出亮亮的红光。起先我还有些担心,他年纪大了,能不能说好?等到他开口,我才知道什么叫诗人的激情。诗人是不能随便让他讲话的,只要他开口,他的心灵就会化作炽热的语言一涌而出。辛笛开口了,他说:"礼堂外战鼓咚咚,礼堂内诗情澎湃……"我心里一亮,没有想到老先生就地取材,把敲门声当作战鼓声了。我刚才还在为敲门声苦恼呢,辛笛先生真有本事,化尴尬为欢畅,不知门外的人是不是听见了他的话,作为回音,又是一阵猛敲,我们都放声笑了。他接着往下说,他说到自己年轻时诗是怎么滋润他,说到对我们一代的期盼,他说诗将领着我们走向远方,我们也将带着诗走向远方……他的情绪十分饱满,没有半点年老气衰的感觉。他每句话都是透明的,好似清晨荷叶上滚动的露珠,又带着蓬勃的活力,仿佛鸽子在蔚蓝的没有污染的空间飞翔,在我们的青春血旺的心里飞翔。我想大概只有诗人才有这样的激情,而其他人,比如小说家是很少有这般激情的。所以有人说,在天堂里诗人离上帝最近。

听着他洪亮的声音,我忽然想起,他还在忍着啊,喷薄的激情是不是和这忍有关系呢?心里有说不出的感动。我觉得,这时候是诗会的高潮。前面有很多人朗诵,都很精彩,诗引领着我们一步一步往上走,但还觉得不够,似乎还缺少一点什么,这和技术水平一类无关,就这时,辛笛发言了,高潮到了,诗会的顶点到了,这是水到渠成,瓜熟蒂落,是年近古稀的老先生以他诗一般的心灵、诗一般的语言把我们大家一起引上来的!

诗会结束了,同学们依依不舍,许久才散去。雨下得很大,面包车停在礼堂门口,来宾们一个个钻进去,在车里和我们挥手告别。酬金每个演员5元,二十多年过去了,这个数字我还记得清清楚楚。

为孩子们点赞

看了孩子们的文章,我十分惊喜。这些孩子年纪小,却能写出这样的不少大人都写不出的文章,是令人高兴的。

文章写的,都是孩子们亲身经历的事情。比方说,有的写了学骑自行车,有的写学擒拿术,有的写和父母一起去过农家乐,有的写漂流,有的写可爱的猫猫,等等,都是孩子们感受最深的事。这是很对的,只有写自己感受最深的事和物,才可能写出感情。只有自己感动了,才能感染别人。

不少地方写得生动有趣。比如,"咚!自行车就像一个喝醉了酒倒头大睡的醉汉,往地下重重一摔。我摸着摔痛了的腿,心里暗想,这自行车的脾气可真比倔驴还臭呢!"这里把自行车比作醉汉,又比作倔驴,挺好的。再比如写猫的那篇,"有一次我给奇奇(猫)的尾巴上夹了两个玩具大夹子,它忽然觉得不对劲了,使劲地用甩尾巴,甩也甩不掉,急得像要哭似的。我同情地把夹子拿下来,它才停止那副可怜兮兮的样子,又继续活蹦乱跳起来。"觉得猫要哭了,这感觉妙。但是"我同情地把夹子拿下来,"可以改一改,因为本来就是你夹的，而且用"同情"来限定行为，意思反而窄了。所以把"同情地"三字去掉，换成"忙"即可。

有些文章比较细腻，比如漂流那篇，"我的心害怕了，它就拼命地跳；我的手也害怕了，所以它就紧紧地握住扶手；我嘴里更害怕，所以它不停地尖叫；我的腿最害怕，所以它一直在发抖。"把一个人的害怕，分成身体各部位的害怕，这有意思，显示了小作者的才能。

可以说，这些文章的感情脉络都很清晰。等他们长大了，对世界的理解深入了，就可以写得更曲折一些。我们常说，做人要直，作文要曲。行文曲折有致，可以增强文章的吸引力。有些好的作品，比方《红楼梦》，许多场景写得一波三折，这叫尺水兴波澜。当然对于孩子们来说，这是后话了。

现在孩子们的文章写得清新自然，童真质朴，那么，以后他们长大了，还能写得很好吗？或者说比现在还好，百尺竿头更进一层呢？记得看过这样的说法，有些人在孩提时候画的画，特别有意思，因为他们还没有被世俗侵蚀，又有天然的童真，所以他们看世界的眼光都挺有趣，视角也很特别，等他们成大了，画出来的反而失去天真烂漫，不好玩了。

那么，我们现在看孩子们的文章，会不会也有担心呢？其实我们每个成年人都可以问自己，你现在写的文章，是不是比做孩子时写得好呢？是不是比那个时候更天然、真实？是不是和小时候一样，没有蒙上世俗的虚伪和世故呢？

这样的自问其实是残酷的，但却是有意义的。文章的精髓就在于真实，自然。失去了这些，写得再有技巧，都是没用的。

话说回来，如果这些孩子的年龄往上长，有了更多的功课压力，大大压缩了写文章练习的时间，或者又受了社会上各种无聊的思想的影响，比如，不要输在起跑线上等，再则，又受了短浅的功利的价值观的侵蚀，很可能他们的文章就不是现在的清新面目了。

  当然，这是事物发展的一种可能。我们完全可以有另一种期待。这就是，孩子们始终保持着一颗对世界真诚之心，又慢慢养成对世界的一种博爱宽容之心。他们不断地坚持看好的文章，看这个地球上最好的文章。同时，不断地坚持练习，不断地学习，不断地思索自己，这样，孩子们的文章一定会比现在写得还好，写得更有生机，更有意义！他们中间，就可能出现一些作家，如果不当职业作家，也会终身受用。

  那有多好啊！这就是我们希望和期盼的。

幸福是什么

最近，我们在美国去看了两个朋友。两个朋友的情况真是大相径庭。

我见到他了，在旧金山，在他开的便利店中。他颈子上的皮松弛得像火鸡，略带疲倦的眼睛中露出光亮。给我们讲他的故事时，他时不时叹气，却又猛地把头抬起，肢体语言透出一丝悲怆，一丝倔强，一丝不甘。

他曾经是国家的机关干部，妻子出来留学，他也跟出来了。为了给妻子提供学费和生活费，为了抚养留在国内的儿子，他什么活都干。在餐馆里煎油锅，到人家里帮工，开着货车在山路上盘旋。脑子里只有一个念头，赚钱，拼命干！赚钱！有时夜里突然惊醒，想到现在的处境，想起以前在国内的悠闲生活，心里像挖了一块似的痛，不敢再想下去。

妻子拿到学位了，他刚要喘口气，却遭当头棒喝。妻子失联了，跟人走了！如天崩地陷一般，他晕了！他来美国为了什么？他吃那么多苦又为了什么？仇恨的怒火在胸中燃烧，他认定自己是世界上最不幸,最冤屈、最悲惨的男人。他恨不得操起枪,去找两个狗男女。但我们的朋友终还是一个理智的人,他走进一家枪支店,看过一把把长枪短枪,又走了出来。他蜷缩在屋角里,用酒用叹息慰藉受伤的心,久久的,平息下来了。

他依然是拼命地干活,他不能沉沦啊。终于儿子长大成人了,有一份不错的工作了。他也重新挣得一份可观的家当。

旧金山是个美丽的城市,是华人来美国淘金的圣地。九曲花街,充满了浪漫的气息。而渔人码头的海蟹、龙虾发出诱人的香味,让人体会到一种惬意,一种畅快。可是这一切和我们的朋友无关。他终日经营他的便利店,没有休息天,没有节假日。他精明强干,脸上却少有舒朗的笑。如果这样规模的店在中国,至少会有3个以上的人干。可是朋友的店不一样,里里外外,站柜台、盘货、进货、上柜、结算、做账,只有他一个人。我简直不敢想象,问他,他惨淡一笑,说,我命苦呀。

我这才知道,他和现在的太太又发生矛盾了。他的第二个妻子是回中国来找的,也是个知识女性。以朋友自己的话来讲,他把妻子带来的女儿当亲生女儿一样对待,他要重新焕发生命的活力,建立一个和睦、幸福的家庭,可是事与愿违。当他心目中的新家庭显出雏形的时候,太太和他有隔阂了。或许是年龄的差距,或许他太专注于创业,而忽略了女人的细腻丰富的感受,没有人说得清。用女人的话说,你以前对我狠巴巴的,现在你也尝尝滋味。于是,就有无穷尽的拉锯,还是没能挽回女人的心。谈判的结果令朋友伤透了心,为了下一代,暂时不离婚,但有关夫妻的一切都不复存在。

于是,女人搬走了,他一个人蜷缩在他的便利店里,不断叩击自己,为什么上天要如此折磨我?不能沉沦啊。这次发晕的时间比第一次要短得多。很快他有了新的计划,他和我们谈起他的新创业时,眼睛晶晶发亮。

我心中在想，是固有的欲望、目标在支撑着他？还是心有不甘，要做出大点的动静，让欺侮过他的人、盘算过他的人张大眼睛看看？我不知道。然而我知道，他焦虑、苦涩、愤懑，至少幸福还没有找到他。

离开了旧金山，我们飞往明尼苏达，到达机场是黎明之前。哦，我的朋友来接我们了！我十分感动。朋友眼睛高度近视，我再三请他们天亮之后再来，可是他们不愿意我们在机场坐等，还是顶着黑夜赶来了。于是，我们的车在广阔的土地上奔驰起来，跑着跑着，天的颜色变了。看着天的东方一块，慢慢地亮了，红了，云彩摇曳起来，太阳喷薄而出，那是无限广阔的天空和原野，和海边看日出的效果差不多。我们争相说话，开怀地大笑，欢声笑语在车厢里回荡。

当年，他们是和我一起下乡到黑龙江的知青。女的父亲是上海市公安局干部，动乱中被迫害致死，男的是普通的工人家庭。起先他们并没有太多的接触，后来当大批知青离去后，他们成为仅存的硕果，爱情就懵懵懂懂地来找他们。女的朋友告诉我，她对婆家人的质朴、善良有着深切的体会。孩子生下来了，一家人欢喜得不行，婆婆始终抱在臂怀里，不肯放下。

现在是夏天，是这块黑土地上最美丽的季节。我和朋友在这里尽情享受。我们坐在房子前的木质大阳台上，眼前是他们独用的大片草坪，松鼠在蹦蹦跳跳，不远处有棵大苹果树，朋友说，再过一个月就会结满果子。兄弟姐妹几家人都吃不掉。我想象着，那满树的鲜红的果实仿佛是满树绚烂的花朵，将是多么美妙啊！

我知道，再过几个月，这里的景色将发生巨大的变化。我在黑龙江生活过十年，可以充分想象。那时，冰雪覆盖大地，举目所望，尽是一个晶莹洁白的世界。我听过他们的故事，他们在一个包装厂工作，不轻松，要不停地搬东西，不停地走动。他们没有想到，曾经在中国的黑土地上耕种，却还到美利坚的黑土地上来劳作。

上下班要开不短的路，有时是黑夜，其中一段路没有灯，用汽车的灯光来劈开坚冷的黑暗。有时突然撞出一头鹿，嘭地撞上车头，吓一大跳。车子撞坏了，车头涂上了生灵的血液，心里不是滋味。男的朋友还多次翻车，翻到雪沟里去，四轮朝天。他从车厢里钻出来，感受着冰冷的异国的空气和大地，不知道是该哭，还是该笑。幸好人没有受伤。路过的车子停下来了，钻进车来的是美国人，二话不说，帮他拉出了车子。助人为乐是这块土地上的人的美德。

他们就这样平静而安稳地干了许多年，比在中国的黑土地上干的时间都长。忽然一天不想干了。尽管厂里一再挽留男的，可是女的坚决不让她的先生再干。她说，我们应该退休了，应该停下来了。

一点都不错，他们的生活中有太多的迁徙和动荡，有太多的劳作和收割，现在有权利享受生活了。他们有一座温馨的两层的木屋，当时买得很便宜。在我看来，足够宽敞，明亮，充实，小客厅里摆满了各种艺术品和银盘、钟表等收藏，都是男的朋友从美国民间淘来的。天气好，他就去钓鱼。有时钓了满满两桶，根本吃不掉，就送给亲戚朋友。到了漫长的冬天，他们在屋子里生起火，看着窗外茫茫的白雪，想起黑龙江的冬天，和明尼苏达的寒冬真的很像。想起许许多多往事，想起许许多多朋友……

和孩子一起在春天里

春天到了,春风拂面,鸟语花香,使人心旷神怡。

如果和孩子一起在春天里,那感觉更加美妙。

我这里不是指自然界的春天,而是人和人之间的春天。

儿子牙牙学语的时候,我们牵着他小手上儿童乐园。他上学了,我们的目光经常停留在他的身上。谁都没有预感到将会发生什么。

大概是儿子上高中开始,他突然不愿意和父母讲话了。那时他和我们交流最多的一句话是,拿钱来。他回到家中,就把自己关在他的小房间里,锁紧门,不知道在干什么,谁敲都不开。还有比这糟糕得多的事情。我们觉得这是冷酷的冬天,寒气渗进我们的骨头。可能不少家长也有同样的感受。

我对朋友说,男孩子长大了,他第一个要打倒的是他的老子。

幸运的是,冬天过去了。我和太太回忆起来觉得,他的变化似乎是在一夜间发生的。

他到美国去了,他去打工了。打工的餐厅比较远,他说既然开车开这远的路,还不如多打些。他干十二个小时,一个人要收三十张桌子的盘子。如果在中国，同样的工作量，要用多几倍的人。他要回中国探亲，打工一直到半夜，天亮了坐飞机走。他说正好在飞机上睡觉。

他学习也变得刻苦了。大部分成绩都是班上第一。犹大老师对他说，我教有机化学教了这么多年，很少有人拿满分。而你拿到了。

现在学习紧张，儿子不去餐厅打工了。但他拿到了奖学金，钱比打工还多。他觉得这挺划算的，所以学习更加努力。有些女孩子要和他约会，他从来不去，至多是在图书馆见面。那个场合见面，当然谈不了别的事情。

他对父母比以前尊重了，像一个男人一样，关心他母亲的方方面面，在她生日的时候，买了礼物送给她。他还经常在电话中和我谈学习心得，谈 NBA 比赛。

儿子的变化或许有各种原因，但我更愿意相信，这起源于他懂得钱是怎么来的。对于一个成长中的男孩来说，这太重要了。

就这样，他忽然变了，变得我们不敢认识，不敢相信，这是我们的儿子吗？

我发现，身边有些朋友，还在为青春期的儿子苦恼，我想告诉他，不要焦急，耐心等待。每个男孩子都会变，就是要为他创造良好的外部环境。树苗长大是需要时间的，男孩子的青春叛逆是很正常的，我们大家都是这样走过来的。让我们静静地等待，像等待小草冒出地面一样。

春天来了！让我们和孩子一起去野外踏青，放风筝。

应该对家暴立法

听朋友讲故事。一个男人，30来岁，他的妻子在做售货员之外，又兼了一份职。回来晚了，那男人就打他的老婆，打得很厉害。女人哭了，男人把门打开：到楼梯上去哭，不要打扰我。女人嘤嘤地哭，却不敢回家。一个多小时后，男人开了房门，说，哭好了，回来。女人就乖乖回家了。

我听了十分感慨，一个年轻的白领能把家暴执行得如此文明，井井有条！当然，这是年轻人中间的极少数。但是，我们还是没有少见这样的场景。有一个视频曾在网上传播，拍的是一个大城市，在地铁里，一个男的，疯狂地殴打自己的老婆，打完了还反剪了手，押出了列车。看客是满车的乘客，还有被打女人的母亲和她怀中抱着的女人的孩子。

如果这男人打的是一个陌生女人，可能会有人出面阻止。但他打的是老婆，是"自己的"物什，没有人来管闲事。

放到桌面上来讲，谁都知道，这女人是独立的人，不是谁的性奴，她有自己不容侵犯的人权和生命价值。可是到私心里，我猜测有不少国人会想，不管怎么样，这是人家家里的事。我怎么可以管到人家里去呢？几千年的封建依附关系依然流毒尚存，在我们心中作祟。

可以说，这种想法普遍存在。我们的很多执法人员，也认为这是私事。所以一般的家暴，只要不闹出人性命，都是不作处理。更可悲的是，我们的受害者也接受了这种理论，她们在抗争无效之后，都采取默默忍受。

所有这一切都说明，应该对家暴立法，制定切实可行的法律，限制和杜绝家暴。对于在家庭内部无辜地、凶恶地使用暴力的行为，要予以坚决的惩罚。

我知道这有争议，不少人会认为这是小题大作。有的觉得，这么多大事都顾不上，哪能为一点小事立法呀？还有人会以为，现在是反那个大恐怖，不要用家暴冲淡了反恐。以上种种都是站不住脚的。他们忘记了一点，我们国家是以人为本，把民生放在首位。从这点上说，家暴就不是小事。

一个给家暴留余地的国家，是无法从根本上铲除暴力的。因为它给更大的暴力留了园地。

岁月蹉跎年轻人

我认识于海华有十多年了。有段时间，我认为他像美国大片《坦泰尼克号》上的男主人公莱昂纳多，脸部轮廓和五官都有点像，都透出诱人的青春气息。后来我发现他不像了，因为他的脸胖了，还时常挂着一种无奈和沮丧的神情。

那时候我在《钟山》杂志社当编辑，有一天看到一篇自发来稿，文章说，上学时他一直沉浸在各种各样的理想之中，等到高中毕业了，父亲把一把锄头塞在他手里，他才突然明白，原来他要和脚下的黄土打一辈子交道。他当然不愿意。作者就是于海华。和农村很多聪慧的孩子一样，他要改变自己的命运。他家乡离南京很近，他想握一支笔在南京闯天下了。但他的路并不顺利，投稿难有用上的，也干不了苦的力气活。一些文化圈内的热心朋友帮助他，介绍他到一个养蜂场工作，因为终日忙碌，和写作没有多少关系，他干一年就辞职了。又有朋友介绍他到一家电脑公司上班，他在那里也没干好，稍有成绩，就自以为得意，仗着脸蛋不错，在几个女孩子身上多情。像是横行的螃蟹，举着八跪二螯，浮躁不定。

他又来找我，说炒电脑公司鱿鱼了，决心回家好好写文章，混一点衣食钱。我说，也好，你还年轻，不妨试试，看这条路通不通。当时我的电脑刚换代，就把换下的一台送给他。他抑住不住惊喜，抱了显示器就走，当即抱出门，对我说："沈老师，我走了。"我看了又气又笑，说："你就这样走了？"他说："我这就走，12点钟有长途车，还能赶上。我回家一定好好写作，不辜负老师一片心意。"我飞起一脚踢他屁股上，骂道："你这东西，真是不长进！你看你拿走了什么？"他顾不上喊疼，说："电脑呀？"我叹一口气："你抱走的只是显示器，主机都不要，回去怎么用？你都在电脑公司上班一年了，连这个都不懂，心思用在什么地方了？"他满脸惭愧，回来再把主机一起抱走。

过一段时间，他写作还是不成功，说脑子里总有无数东西在转，心静不下来。我就把他介绍到一家朋友开的公司，是搞图书发行的。应该说他脑子挺灵的，在公司中干得不错，是业务员中图书发得最多的。老板也器重他。但于海华很快不满意了，工资低，一个月600元，虽然吃住都是老板的，但在喧嚣繁华的大都市里，这点钱太不够花了。讲起这个，于海华愤愤不平："老板说得好听，将来公司发展了，我们都是功臣，都有股份，每年都能拿到红利，听起来挺美的，但是我们等不及了。我们是年轻人，要吃，要喝，要玩，要上歌厅。我们要现的，不要空头支票。"谁能说他不对呢？但还要看另一方，老板怎么想。我不客气地对他说，你不要一厢情愿。

一天，老板打电话给我，说于海华跑掉了，拿了2000元应收款跑掉了。老板很生气，但也宽宏大度，说只要他把钱还来，还可以回来上班。如果他执迷不悟，就要报警。我知道于海华是不可能还钱的，但还是把口信捎给他。于海华自然没有还钱，大概因为是我介绍的，最终老板没有报警。

好多日子过去了，于海华又来了，灰头土脸的，一眼就能看出他当下的状态。

又过几年，再看见他，额上添了几道抹不去的皱纹，没说话先叹气。他已经结婚了，生下一个女儿，他家已搬到镇上去了，正愁没有钱买房子。

又是几年，他来看我，脸上挂着一种狡猾的神秘的神色："告诉你一个消息。"我淡淡地没有反应。他自己说了："我又生一个儿子了！"这下我倒吃惊了，你怎么可以再生一个呢？他得意地说："办法总是有的，他有他的政策，我有我的计策。最多罚点钱吧。我怎么能没有儿子？"我冷笑一声，想说什么却又没有说，说什么都是多余的了。

现在，于海华在远离南京的南方打工。他给我写信说，夜里，外边是一片闪耀的灯火，繁华都市的一切都和他无关。他蜷缩在一隅，心里煎熬着思乡思子思妻之苦。他说他觉悟了，过去的岁月真是浪费了。现在要发愤了，只得加倍摇动手中的笔。

我不知道他的字能不能换来衣食。但愿能。

南方有佳人

《汉书》里说，"北方有佳人，绝世而独立，一顾倾人城，再顾倾人国。"我遇上的佳人却在南方，不仅是一个，还是两位。然而，两位佳人的不同命运令我嗟叹。

那时我在华师大的校学生会当部长，副部长姓姜，是个女学生。一见面我就呆了，天见的，怎么找这么个美人给我当副手？姜和我不同系，对学生会工作不主动，派她个事，勉强完成。但我对她总是迁求，谁叫她是佳人啊？我们还单独交往，有时一起去看芭蕾舞，散场了，星光在都市上空闪烁，两人步行回学校，穿过半个上海。不过我很少有进一步的想法，因为和她在一起，隐隐有月宫清寒之感。

有一天，我去宿舍找她，敲门出来一个女生，我又一次被惊呆了，几乎疑为天人。在我的人生中还没见过比她更美的了。后来姜告诉我，她名字奇怪，叫无名。新生报到那天，她是被一群男生簇拥而来的。她的所有东西都由那些男生提着拎着，无名空着两手，口角噙香，双目溢彩，俨然一个被宠的公主。

我真是不明白，一个班上怎么可以有两个这般的佳人啊！

后来就毕业了，我很少见到她们两个，却听了不少传闻。自然是爱慕者多多，特别是无名，围着她的男生犹如过江之鲫，但她自视甚高，没把谁当事。所以好长一段时间过去，两位佳人依然是绝世独立。很多年后我听说了一个故事，她们班的辅导员也暗中有意，但觉得无名太不可及了，或许姜还有点希望。没想到他多次表露，姜不为所动，他痛苦无比，竟然向无名倾诉衷肠，问她可有办法？无名启齿一笑，说，这有什么难的！第二天，无名请姜来到家中，姜随她上了三楼亭子间，门一开，辅导员端坐在里边。她一愣，脚下停住了，无名在她背上推一把，说，进去呀，没有老虎。落座说不了几句，无名起身说，我有点小事。走出来，把门反搭上，咔嚓落下一把大锁，独自去了。4个小时之后天黑了，才来开锁。秦晋之好就此结下了。

无名纯真无邪，天分又高，琴棋书画，都有染指，还是个热心的京剧票友，围着她的男生都自惭形秽，不敢豁出来爱她。实际上这是一个大误会。她先后有过几个男友，都没有结果。听说她后来爱上一个，积攒了许久的生命力突然爆发了，爱得义无反顾，哪想到却是个品行很差的男人，把她狠狠地伤了。她像死去一样，好多年才恢复过来。她不能再看见这里的旧场景，毅然去了日本。十多年过去了，她还是茕茕孑立，每年一次，孤雁单飞，来往于中国、日本两地。

姜却要顺当得多，考上了硕士研究生。辅导员老公去日本留学，读了博士学位，回到中国，当了日本公司的总代理，接而自己做生意，发了财，成上海滩上的富豪。姜自然辞去工职，在家相夫教子。那天我去看她，她开了白色的本田车来接我。谈笑间，我说，你可以把自己的事写出来，蛮有意思的。她略为夸张地说，还写文章呢，连字都忘记了！眉眼间透出了某种闲适的满足，又有一种隐隐的怅惘。

  一年春节,听说无名在上海,我打了她的手机。她听的时候我觉得机子里很嘈杂,她说,她正在和票友在唱戏,晚上给我打过来。夜深了,我才接到她的电话。她刚回到母亲家中,明天一早就要去杭州,三天后就要回日本了。她在日本一所大学工作,每年放假都要回中国。她说得很快,很热烈,我却感觉到了她急于要表示自己生活充实的企图。这次不可能见面了,下次她回来就不要错失了。我有一个不便启齿的想法,很想看看,当年我疑为天人的,现在是什么模样。

  两人的故事常在我心里盘桓,噫吁乎!佳人的命运莫非早就在胚芽里播下种了?如若不是,怎么偏偏这个温热,那个冰彻呢?那么,又是在什么节骨眼上鬼使神差地走出决定性的一步呢?

绰号的妙用

生活中常见给人起绰号，怪有意思的，不失一种幽默和智慧。

先说有年代的事。年轻时，我从上海下放到黑龙江当知青，那时候除了读报纸，青年们几乎没有娱乐生活，有人就开始起绰号。

我们农场来源广泛，有上海知青，有天津知青，还有哈尔滨、齐齐哈尔的知青。天津知青中有个女的副连长，人长得短小精悍，上台念大批判稿子，铿锵有力，如金属敲击。这副连长干活也不含糊，曾带领一批女生，在脱谷机旁干了两天两夜不休息，被宣传干事写了文章，冠名铁姑娘，在大喇叭里读。

可是，有个姓胡的上海知青，偏偏不买她的账。那天，知青都在大地里铲草，中午，胡赶着马车往地里送包子。人们围上来了，胡一手收饭票，一手往篓里拿包子递过去。轮到副连长了，胡收了饭票，却不给她递包子。副连长是等了半天，没耐心了，她掀开盖被，伸手抓了两个包子。胡青年算是逮着了，直着嗓子喊，"鬼子偷地雷啦！"越喊越凶。

那女将毫不含糊，剑眉倒竖，立马回击："炸你个人仰马翻包子飞！"从此，绰号叫开了，女副连长就叫"地雷"。

有人气不过，你也不能这么欺侮人呀。顺手也给上海青年起个绰号，叫小日本。你不是运地雷嘛？当然是小日本。两下都有，落个公平。

那时有个哈尔滨青年，姓侯，他的爷爷爸爸两代都是贫雇农。可是人家问他出身，他却一瞪眼，回答得干脆利落："地主资本家。"当时我非常不明白，你不是雇农后代嘛，怎么变成地主资本家了？而我们一些出身不好的，想有个好出身都想疯了。

现在细想，我有点明白了，大概是听父辈摆龙门，在他的脑子里，地主老财、资本家都是八面威风，大鱼大肉，过好日子的，现在虽然打倒了，记忆深处的东西却磨不去。

那家伙天不怕，地不怕，今天偷鸡，明天摸狗，骂人像唱山歌，打架像吃爆炒豆。连队领导想用苦出身来引导他，他颈子一歪，照例是地主资本家。气得领导骂道，你这个龟猴子！不过，却有人能制他，也是哈尔滨一起来的。不管猴子在哪撒野，他去了，往那一站，用忧伤的眼神看他，小猴子就蔫了。他说，你这在干啥呀，你？猴子说，我干啥了？没干啥呀，我。他说，没干啥呀你，跟我赶车去。让众人吃惊的是，小猴子颈子一缩，乖乖地跟他走了。

一会，一辆马车过来了，枣红马打着响鼻，车子蹲着两个穿黑棉袄的人，大鞭抱在怀里，头和头挨得挺近的，时不时碰一下。有人叫起来，这不是一对猴子嘛！又有人说，小猴子，老猴子！

老猴子不姓侯，可是，能降住小猴子的，不是老猴子，又能是谁呢？这个绰号没叫错。

下乡头几年，男女青年都想返城回家，很少有谈恋爱的。不过也有例外。

一天夜里，民兵巡逻，已是初冬，零下好多度，却听到悉悉索索的声响，四周一查，来自一堆麦秸。谁躲在里面，是苏修特务？

在发电报？民兵们团团围住，一声猛喝，齐力掀开麦秸，竟然是两个半裸的知青，男的哈尔滨人，女的上海人。大家都傻眼了。

第二天，连队开大会，分场主任在大会上说，苏修亡我之心不死，大家伙都在反修防修，战天斗地。但是，有两个人却反其道而行之，钻进麦秸堆，干无耻勾当，一对狗男女！

这话没理，人家长大了，荷尔蒙增加了，干点那事有什么错？天寒地冻，没地方可去，才钻了麦秸堆，怎么就成狗男女了？

可是大家不管这个，以后公共场合里，见他们来了，笑起来，说，狗男女来了！

说过当年下乡，再来说当今的NBA篮球赛。看NBA已经是很公众的事，所以他们的绰号也随之流行。金州勇士队出了个库里，他的远投是惊人的。在NBA的历史上，从来没有人像他那么打球，他使世界上的许多人重新认识了篮球，尤其是青少年，都学着像他那么投三分，一时风靡起来。于是，有人就叫他"变态准"，我觉得这绰号的级别够高了，已经变态了，还能叫什么呢？

不过，还是有新绰号，叫"萌神"。这个好，要文化得多。首先，定位成神，已经比人高一品了，可是又冠一个萌，这就妙了。"萌"是一个网络语，我不知道别人如何解释，在我看来，首先想到的是一个词，"萌芽"。那是刚从地里冒出来的，碧绿的，新鲜的，生机勃勃的，现在是几片幼芽，将来可能就是参天大树。其次，我们可以看库里的眼神，要强的，好胜的，却又是迷蒙的，孩子似的，这大概是萌的另一层含义吧。

萌神好，好就好在它把人们的视线从投篮上引开，上升到一个新鲜的、有艺术空间的语境。

NBA有许多形象有趣的绰号，比如球场的巨无霸，搞笑大师奥尼尔，被叫作大鲨鱼，是再合适不过了。马刺队的邓肯是个现象级的球员，在一些关键比赛，他战胜了詹姆斯、保罗等后辈，常俯在对方耳朵旁说，将来是你们的。可是令这些后辈诧异的是，他老说这句话，怎么还一直在球场上驰骋？每每邓肯赢球，或打进关键球，并不像其他球员，怒叫狂吼，如痴如癫，而是面无表情，一脸无辜的样子，所以得了个浑名，叫石佛。还有詹姆斯，头脑冷静，体魄强壮，球艺精湛，上到场上，都会形成极大的气场，大有君临天下之感，所以年轻时叫他小皇帝，现在叫他詹皇。

NBA球场的绰号林林总总，五花八门，我想不出其他哪个行业能和它比。不过，有个绰号觉得有意思，就是步行者队的保罗乔治，却叫他泡椒，颇可咀嚼。泡椒是中国食品，起这绰号的无疑是国人。乔治的乔，和椒是谐音吧，这是其一。泡椒是个什么东西，是尖头辣椒在水里浸透的，有辣味，但又不是辣到你嘴里像含了一盆火一样，因为大部分辣味都流进汁里去了。这大概和乔治像了，他不是NBA的超一流球员，但有些场次，却打得令人咋舌，有些场次却又复归平常，这不就是泡椒么？我佩服起绰号人的水平。

泡　茶

那时我上小学4年级，刚转入上海市永嘉路第一小学。数学老师叫郑式陶，他四方脸，戴眼镜，脾气有点急躁。他常常把批改过作业本分作两叠，一叠是他认为好的，交给学习委员，让他往下发。另一叠是他认为做得差的，他狠狠地拍在讲台上，照例开骂一通："我天天对牛弹琴，我的琴技再差，牛也要听。可是，你们脑子里一包草，连牛也不要吃。"

骂完了，就开始发那叠做得差的本子。他拿起一本，叫个名字，没等那同学站起来，他就直接飞过去。他飞本子的水平挺高的，一本衔一本，飞得又急又准，像是一只只携有使命的信鸽，在教室上空飞来飞去。

当时我不明白，郑老师骂同学作业没做好，为什么说是脑子里长草呢？牛是吃草的，为什么脑子里的草就不要吃了呢？再往下想，长在脑子里的草，大概以笨脑浆为营养，味道应该不好，怪不得连牛也不要吃。后来我下乡到黑龙江，刚好放牛，又想起这事，我想郑先生孩提时大概在农村，所以骂人也用牛来比喻。

那时我数学很好,没遭郑式陶骂过。但有的同学基本上趟趟遭骂,比如坐在我边上的三角头。这个同学的头型特别奇怪,正面看是一个三角形,如果他在低处,你从他头顶心看下去,依旧是一个三角形,两个三角形的公共边就是他额头上的发际线。他特别恨郑式陶。有一次,本子朝他飞过来,可能郑先生那次特别气愤,气力用大了,天气热,窗子开着,那只鸽子就直接飞到窗外去了。有点尴尬了,郑式陶说,去拾回来。三角头站起来,走出教室去。但是我们分校的教室是沿马路的,三角头懒洋洋地走出校门,到马路上看,不见本子,哪里都找不到,有个老太说,刚才有个捡垃圾的,被他捡走了。

郑先生有个爱好,是喝茶。别的老师上课少有带茶壶的,可他却是随身带着,好像是得了校长的特许。挺普通的紫砂壶,暗红色的,不大,大人的一个巴掌就能罩住。有时他骂得激烈了,嘴容易干,就喝得多。如果同学作业都做得不错,他骂得少,也就喝得少。他喝茶的姿态很有趣,美美地喝一通,随后,嘘的一声,吸进一口圆圆的长气,显得十分舒心。

一天,郑式陶没有少骂,刚好下课铃响,他叫起我,把茶壶给我。我走到楼下,找到门卫老王。老王拿起一只竹壳热水瓶,晃了晃说,没有多少水了。就把热水瓶中的水全部倒进壶里。我踏上楼梯,却见三角头从楼上冲下来,神秘地说,把壶给我。我还没有想好,要不要给他,他已经抢过去了。三角头打开盖子,喉咙里响一下,快速往壶里吐了一口,又把盖子盖好,交还到我手中,说,给他去喝。

我想倒掉重新换过,但想起老王已经把热水瓶里的水倒空了,再说就是有水,也没有茶叶呀,如果郑式陶知道了,很有可能骂我不会办事,也是脑子里一包草。我迟迟疑疑地往楼上走。郑式陶探头看见我了,招手叫我快点,大概他正渴得厉害。我木然地递上去。

他接过来，迫不及待用嘴含了壶。他喝得非常舒畅，喝过了，照例嘘一声。

从此，这事一直咯在我心中，像块石头。

近半个世纪过去了，我找到了郑先生，登门拜访。他已经八十多了，精神不错，坐在一把藤椅里，见我来了，颤巍巍站起，握住我手，紧紧捏着。那天我们谈了许多。说到过去，他也有疚意，但记得我数学是很好的，从来没有骂过我。我说，上他课收益不小，提高了我的数学兴趣。我在黑龙江放牛时，常常演算一些复杂的数学题，就和郑先生的启发有关系。他忙问，你也放牛了，我小时候也放牛的。我说，我早就猜到了。他说，你怎么猜到了？我说，你经常拿牛作比喻。他想起来了，两人都笑了。

我说："郑老师，我为你泡一壶茶。"他说："好呀。"

我特地带了茶叶，是杭州朋友送给我的西湖龙井。我把他的茶壶倒空，洗净，毕恭毕敬地沏了一壶，放他面前。

他端起来，细心地喝，随后，嘘的一声，吸进一口圆圆的长气，满是皱纹的脸上，显出惬意、舒心的神态。

我心里一松，一块咯了半个世纪的石头掉了下来。

畅想菜篮子

那是许多年前的事了。上海从来是一个醒得很早的城市，菜场是这个城市最早闹起来的角落。

天还不亮，人们揉着惺忪的眼睛，从热烘烘的被子里爬出来，拎起菜篮，直奔小菜场。那个时候，物质匮乏，包括猪肉、青菜，买菜都要排队。但天还早，菜场还没开秤，所以，与其说人排队，还不如说是菜篮子排队。如果一个人拎了5个菜篮来，就算5个人，来自5个家庭。一个人起早，另外4个人就可以在热被窝里多捂一会，明天由另一个人起早，他们很公平。有时带的菜篮不够，就放一块砖头，也代表一个人。当时的菜篮是竹片编的，到处都能买到。在青灰的晨曦中，一个紧接一个，都是空空如也，蜿蜒曲折、逶迤长行，排出十多米的都有。竹篮子是无生命的，而在这一刻却是饥渴的，有生命的，代表了一个一个渴望把它装满食品的人。现在的年轻人没见过这样的景，如果拍了照片留下，也可以当史料了。

不知道什么时候开始，那些竹编的带有工艺性的菜篮子看不见了，取而代之的大量的白色塑料袋，都是一次性的。

我想，当塑料袋从机器上大片大片飞下来的时候，我们一定欢呼，啊，我们的生活变得多么方便！上商场买东西，不管买的是食品还是衣物，往袋里一扔，拎起就走。家里打扫卫生，不论什么脏东西，用白色塑料一套，扔进垃圾箱，就一点麻烦都没有了。

于是，竹菜篮在我们的生活中消失了，编织的工艺大概也退化得差不多了。

可以说，一些科学发明极大地提高了我们的生活质量，但往往也有意不想到后果。现在塑料袋的危害已经广为人知了，有一种说法是，白色塑料袋埋在土里两百年都不会消失，在土地越来越金贵的今天，它给我们子孙后代带来的恶果，怎么估计都不为过。

我成家了，就上菜场了。我买菜买了二十多年，篮子也用了二十多年。但不是竹篮子，而是塑料筐，它不是圆的，而是扁长的。一只用坏了再换一只，前后大概换了三只。我觉得用它十分方便，买了冬瓜往里放，买了鱼肉也往里放，能不用塑料袋就尽量不用。我觉得如果大家都用这样的篮筐，将省下多少袋子啊。

可是，在菜场里很少见人像我这样做，大家还是习惯用塑料袋。买西红柿用一只，买黄瓜也用一只，买鱼再用一只，完了拎起一大扎塑料袋走。可能他们觉得空了两只手来，拎了袋就走，比我先回家拿一个篮筐在手中，要爽得多了。一点不错，确实比我爽，可是对子孙后代造成的恶果呢，难道可以一点不想？

今年6月1日开始，我国的商场、菜市场，都不再提供免费的塑料袋了。听到这个消息，我十分欣然，认为这是一项旨在长远的重要举措。接而就有疑虑，以我的经验，要让广大人民都能自觉实行，不是一件容易的事。6月1日过去了，很多商场都不免费提供了，可是还有不少地方，尤其是小商小贩，就像没有这事一样，照样免费提供劣质的塑料袋。

我想，有关职能部门要做的还很多很多。至少要加强宣传的深度和广度，可是现在力度远远不够，电视上报纸上都没有提起过，普通老百姓怎么来认识？还有，说是对随意提供塑料袋的商家，将罚款千元以上，那有没有执行呢？如果制定一项措施，却不检查它的执行效果，那比没有这项措施更加糟糕。

让我们上菜场上地摊去看看，或许此时还在滥用塑料袋，可是他们的神色却没有一点不坦然。让我们走过去，热情地向他们介绍篮筐，介绍环保袋。对他们说，改变这种方式，从现在做起，从这一次做起吧！

如果一个人对人类生存环境没有一点忧患意识，他就不算一个有胸怀的有人类之心的人。

我祈福这项举措成功！为我们的子孙后代多留一点东西。

第四辑

他山采石

我在美国考驾照

在美国考驾照和在中国有很大的不同，回想起来，颇为新鲜有趣。他们考驾照，不需要上驾校，你认为自己技术过关了，就可以去考。我递交申请时，遇上的是一个胖胖的男子，50多岁，皮肤黝黑，他看我是从中国来的，眉毛就扬动起来了，饶有兴致地说起他的故事。他的太太是中国香港的，一次坐飞机，从美国飞往香港，他们正好坐在相邻的位子，十多个小时，一路说笑，下了飞机就分不开了。这故事是儿子翻译给我们听的。没有想到考驾，办正事，还能先听一个罗曼蒂克的故事。我们一阵欢笑，气氛就活跃起来。

美国考试分笔考和路考。笔试有个区域，排着一台台电脑，你坐进去考就是了，没有人监考，他不怕你作弊，也不怕你找人冒名，可能每台电脑前都有摄像头。不过，就算没有摄像头，又有几个人会去作弊呢？这是个讲诚信的国家，如果你真的作弊被发现，基本就完了。

接下就是路考了，美国只考一次。倒行、侧方位停车、上路、转弯，都在一起考，可以说是毕其功于一役。我的第一个考官是个白人女子，有些岁数了，身材却不错。我打起精神，前面几项都做得不错，尤其是侧方位停车，不偏不倚倒了进去，离开路沿只有几分。赢得女教官说，good。

接着开到路上去了，路过小学校区，我自然懂得要放慢速度，让你的座驾像一头温顺的绵羊，这在美国是最重要的一条。看见stop（停止）牌子，不管有没有人，有没有别的车，你都要停车，这也是一条禁令。这些我都做得很好。开上大路了，我依然十分小心。我记得在中国路考时，要是开快了，教练就会臭你，说，你才开多久，就开这么快了？给我老老实实的，不要牛逼！于是，我记住了，新手不能牛逼。

这个道理可能中外都一样吧，我就四平八稳地开起来。不料女教官脸色一变，叫起来："发！"什么意思。发？我英文不好，只能看些简单的书面语，听力尤其成问题。我想，可能是让我不乱来吧，于是开得更加沉稳了。女教官却越发不安静了，一个劲地叫，发！发！我懵了，什么意思啊？我转过脸看她，她脸上没有答案，细长的眉毛拧成结了，依然一个劲叫，发！发！

我一筹莫展，忽然想到一个单词，fat 意思是"肥胖"呀。好好的开车，讲我肥胖干什么？再说，美国胖人有的是，我到美国最大的好处，就是觉得我变苗条了。当然和她相比，我是显得有些胖，但也不到于引得她一个劲叫发呀？不由满心委屈。转念又想，我报名时，那个褐色皮肤的男人不是讲他飞行恋爱的浪漫故事吗，可能美国人就喜欢幽默，就喜欢把没有关联的事扯到一起去。这么想，我就不觉得委屈了，反而字正腔圆地说，I am not fat（我不胖）。女教官只得摇头，脸上神情都灰了。

我当然没有通过。女教官还向我解释原因，我没有听懂。她急了，灵机一动，两手合拢，放在一侧耳朵旁，脑袋斜过来，嘴里发出呜呜的声音，这不是睡觉嘛，这下我明白了，她是说我开车像睡觉一样啊。我太太走过来,她英语好得多,我这才明白,"发"就是"fast",是要我开快。那是条限速65英里(相当于104公里)的快车道,那能容你开得这么慢?美国人认为,只要来考试,一旦上路就是合格的车手,没有新手不能牛逼一说,该快的不能慢,慢了就不合格。这和中国教练的观念是有差别的。

我心里还是委屈,要是她叫fast,不就没事了吗?可他们就发前面的重音,后面的很轻,st吞进肚里去了。

下一次考试是个男教官,长得高大。可是这次出现别的问题了,侧方位停车没停好,勉强进去了,却有些偏斜,我想重做一次,他却摆摆手。他让我开到住宅区里,一会左转,一会右转,一连做了十多个转弯,我都十分认真,一丝不苟,那地方stop牌子特别多,每见一个,哪怕路口光光的,人影车影都没有,我也必定停下,等足5秒。最后上快车道了,他果然又说,发!我心里早等着这个词,一踩油门,车如同脱缰的野马,狂热地奔腾起来。树林、房子一个劲往后倒去。开回车管中心了,高大的教官微笑着说,ok。我的心如同欢乐的小鸟一样翻飞起来。

在美国买房子

在来美国之前,我和一个朋友争论过,他说,政府不应该管房子的价格,应该完全由市场决定,该多少价,就多少价,涨多少你都别管。

我说,房子这个商品太特殊了,它关系到每个老百姓的生活,价格太高,会影响千百万老百姓的生活。政府应该调控房价。

直到现在,我和朋友的争辩没有结果。然而,美国的房子的情况,倒是可以让我们参考一下。

来休斯敦之前,我姐姐就和我们合买了一幢花园房子,用了14万美金。如果你以为付清这笔钱,就能安稳住在这房子里,一劳永逸了,那就大错特错了。我姐姐对我说,每年还要付4千美金。我一听眼睛瞪大了,这是怎么回事?我们买房子,不就是把房子的钱付清就行了,怎么每年还要生出个4千元来啊?

姐姐给我仔细解释,我才明白了。在美国,不是说买下房子就万事大吉了,每年还要收百分之三的地产税。也就是说,如果你这套房子买价是14万,那么你地产税就是4200元。这笔钱是一分都不能少的。这笔钱不派别的用处，专款专用，作为该地区的中小学教育经费，所以美国的中小学生是不用交学费的。这是一笔不小的数目，如果美国炒房商人也像中国一样，囤积了十几座房子，每幢房子每年都有个百分之三，他一定叫苦连天。

到这里事情并没有结束，如果你的房子涨价了，地产税也要跟着上涨。打个比方，你买这套房子是 20 万美金，你一年的地产税就是 6000 元。两年后市场上你的房子涨到 30 万美金了，你的地产税就涨到 9000 元了。你感到非常委屈，我不卖房子嘛，还是住在里面，房子涨价跟我有什么关系，没带来一点好处。但是不行，你每年就要多付 3000 元。这是一笔不少的开销。

有些美国人住着豪华的房子，他赚的钱多，不为这百分之三担忧，但是，一旦他退休了，钱少了，每年百分之三就会成为不小的压力。有人就会把豪华的房子卖掉，住进小一点房子，或者搬进房价相对便宜的房子中去。

据姐姐说，房主人 65 岁以后可以申请减免地产税，减免的幅度是有限的。美国人的退休年龄是 62 岁，这三年也是一个时间段。

一般经济状态的美国人，是不敢多拥有房子的。多拥有一幢房子，就多拥有一份随时可能上涨的债务，就有无形的压力。所以，为了供一幢好房子，只有努力工作。我想，美国人的工作节奏特别快，可能供房子也是一个动力。

我亲眼看见一对夫妇，退休了，把纽约近郊的别墅卖了，搬到僻静的宾州去。那是一套白色的欧式的房子，典雅美丽。天近黄昏了，搬家的车停在门口，那对老夫妇还伫立在园子里，从此他们就要离开住了三十多年房子了。太阳像一个桔色的火球，落进屋后一片林子里，那绿色的林子里顿时光芒四溢，把白色的房子也映亮了。男的拿出相机，想把夫人和这房子拍下来。夫人却用手挡住了镜头。她不想让伤感的情景留在相片上。火球的光焰消失了，他们上车，走了。

这个情景难免让人产生一些感叹，但一些社会法则是残酷的，它促成了社会上豪华房子的循环。用中国话讲，就是君子之泽，五世而斩。不管怎么说，这种方式保证了中小学的办学经费。个人的付出，保证了社会的进步。

有一点可以肯定，如果中国也有类似地产税，拥有十几套房子的炒房一族，肯定供不起，势必会扑灭炒房的烈焰。

他山之石，可以攻玉。世界各国的经验，都是可以供我们参考的。

纽约街头的上海女人

在纽约曼哈顿的街头,我见到了上海女人叶,她问我的第一句话是,美国有啥好?不等我回话,旁边有人插话,既然不好,你就回中国呀。她苦笑,无话。

她出国是阴差阳错。

她的丈夫办的是商务签证,去美领馆多次都被拒签。她说,我去试试吧。不过是一句戏话。她去了,没有一点思想准备,只当一个游戏,丈夫没有运气,她为什么不能试试?居然就签出来了。她没有高兴,也不悲伤,而是傻了。丈夫努力三次都没有结果,她一次就成了,这叫什么事啊!现在不走也得走了,总不能浪费吧。

在机场上,面对拉着她的衣角不肯松手的儿子,她说,妈妈先去,打下根底,以后把你和爸爸一起接出来。颇有一番雄心。

下了飞机,她被舅舅接到了家中。舅舅是开出租车的,住在离纽约很远的郊区,是租来的公寓。她走进屋子,屋里简陋零乱,她泪水就哗地流出来,迎接她的美国是这样的啊!

没多久她就搬出舅舅的家,找过许多工作,吃了多少苦只有自己心里有数。有的是老板炒她鱿鱼,有的是她炒老板。现在她在一家足疗店工作,不知是不是传染的,她的手上生出许多湿疹,脸上也有。这次就是上纽约来看病的。她对我说,在上海我是外资公司的白领,现在却不得不摸脚了,啥人想得到啊?

她每月花 13 美元,在手机上充值,就可以无限制地和上海通电话。在那个只见声音不见人影的空间,她向丈夫倾吐,和儿子说话,每次都要到深夜。丈夫说,你坚持一下,我一定争取出来。但就是签不出。她都哭成泪人了,说,你再不出来,我就回上海了。那头好一会没有声音,后来丈夫说,那你就回来吧。

可是父母却不愿意了,他们有自己的想法,弄堂里这么多人去美国,人家出去了不回来,都在美国站牢脚。偏偏他们的女儿出去了就要回去,他们做父母的面子朝哪里摆?她想说服父母,说着说着自己却没有了底气。

这是一个斯芬克斯之谜,是一块坚硬的中国鸡肋。围绕这个,她在电话里无数次倾吐,无数次争吵。每天都要到深夜 3 点,同屋子的工人都说没法和她一起住了。老板娘也和她打招呼。她说对不起,我一定注意,可是拿起话筒,时间就像跑车一样飞奔,实在无法控制。她在话筒里哭,在话筒里笑,在话筒里争吵。同屋子再也没法睡了,半夜卷了被子跑出来。老板娘只得让她一人住一个房间。

现在,叶的想法也改变了,父母没说错,不回来了。既然出来了,不说别的,总要把钱赚够吧。不赚钱就回去,不是傻子呆子疯子嘛!

于是,她拼命地干活,一心想着加班加点。纽约的日用品比上海都贵,她只用上海带来的,什么零钱都不花。赚了美金,每个月都寄回去,叮嘱丈夫换成人民币存起来,怕美元贬值啊。

她只有一个目标,赚钱,赚钱,赚足了钱回上海。她再也不提把儿子办出来了。她说,等目标达到了,她是一定要回上海的。丈夫和儿子都在上海，她怎么可能永远一个人在外漂呢？

一次，她被车撞了，小腿上的皮擦去一大块。造事的车主付了她的医药费，却不肯赔钱。她却无法打官司，因为她没有身份，早过了商务考察期，她是非法滞留的。

在美国有这种情况，一些大陆出来的孤男寡女，都说好了，我们就做一段露水夫妻，等到哪个人的配偶出来了，我们就分手，好聚好散，谁也不欠谁。

叶眉清目秀，身子高挑，许多男的都看上她，她咬着牙说，我和丈夫感情很好，我能熬。

纽约的街头已经华灯初上了，看着她在灯下孤单的身影，我的心一阵发紧，问自己，她能够一直这么坚持下去吗？她还会在深夜无休止地打电话，声音还是那么缠绵、那么揪心？她的钱什么时候才能赚够？赚了多少才叫够呢？那些孤男就对她死心了吗？

没有人能给出答案。

儿子在美国

儿子去美国读书已经三年了,用一句老话来形容,士别三日,当刮目相看。而他是三年啊,都变得有点不认识了。

他在国内读书时,我对他的心情是颇为复杂的。做父母的都想自己的孩子学习好,但我们也希望他能够做些家务,学会承担责任。可是,学习的压力这么重,千千万万的孩子都在走一座独木桥,他难得有喘口气的机会,我们能指望他分担什么呢?于是,儿子的房间永远是混乱的,基本不折被子,袜子脱下来,随手扔地下,平时很少和父母交流,对我们讲的最多的一句话,就是,"拿钱来"。买衣服买鞋子都要牌子,耐克,阿迪达斯,他说他的同学都穿这个。上高中时,我们替他买过一双非名牌的鞋子,他穿过两次,再也不肯穿了。

我和不少家长交流过,大家都有同感,可以说,我们儿子的毛病就是中国独生子的通病。

到美国,他发生变化了。

我们到的第一站是洛杉矶。我的姐姐、姐夫想让我们来美国就快乐些，不似他们刚来时那么苦，他们专程从休斯敦飞过来，陪着我们在西部玩。从洛杉矶开始，拉斯维加、大峡谷国家公园，一路玩过去，又折回洛杉矶，准备到迪士尼乐园。儿子忽然显出一副懒洋洋的样子，说，我不想去了。

我姐姐奇怪了，说，迪士尼乐园非常好玩，美国就两个地方有，难得到了这里，以后你回到休斯敦，想玩也不行了。但儿子还是说不去，好像很疲劳。我也不断动员他，抗不住我们几方动员，他才勉强答应去。来到乐园中，他每个节目都不放过，坐了航空飞船、又坐过印第安部落车，玩得不亦乐乎。他的妈妈说，你还说不来呢？这时，我们才知道，一张门票58美金，他嫌贵。我心里一动，这是儿子第一次自己感觉到贵。以前没有过的。

由于带来的人民币都要除以8，所以儿子买东西变得仔细起来，在超市里选食品，他挑挑拣拣，如果两样东西的品质差不多，他都是选便宜的。来美国几个月，他没有为自己买过一样东西，除了吃的，其他的都是从中国带过去的。他知道，这里不似在国内，没有人给他预先安排好。寻找工作、安排生活，都要他和父母一起去承担。他已经是一个大人了。

在国内儿子没有学开车，刚到美国我们怕他莽撞，也没有让他学。他的妈妈倒是在国内考了驾照，但是开得很少。到美国后，她考了多次都没有考出来，还撞了车。在美国不开车怎么行，我们三个人，一个都不会开，就像一家人没有一个生腿的啊！要买米买菜了，我们只好步行来回，休斯敦夏天热得厉害，整个小区，只有我们一家三口，顶着大太阳，拎着米拎着菜，足足走了二十分钟，到家里浑身都湿透了。

没有办法，只能让儿子顶上去。临时找一个人教他，只摸了6次车，他就要上考场。你能考出来吗？我盯着他问。儿子身高1米84，大头大脑，肩膀宽宽的。他浅浅一笑说，不考出来不行。

那天清晨，我们5点就赶去了，天还没有亮，考场外的广场上已经排了不少人。在美国排队的事不多见，考驾照算一件。每天都有数不清的人涌进美国，其中大多数人都要考驾照。我先去排队，我的姐夫陪儿子在周围继续练。当他蓝色的车子从考场边上飞驰过时，他挥手向我致意。

到了8点，太阳高高悬起，放出夺目的光亮。儿子坐在他的蓝鸟里，静静地停在考场边上。我远远地看着。一会，一个白人女考官进了他的车。他的车子发动了，我双目盯紧了看，他的车子一个急停，慢慢往后倒。姐夫在边上说，不错，不错，倒得很到位。马上，姐夫小声说，哎呀，他出位急了点。

蓝鸟飞走了，转了一大圈才飞回来。考官出了车子。我们急忙跑过去，问儿子，考得怎么样？儿子把考单递过来，又浅浅一笑说，不会通不过的。果然通过了，他只摸了6次车，就一次考试通过了啊！

从这以后，我们家中的开车任务都由他承担了。不论是上超市购物，还是找工作、约见朋友，都是他当司机。他不仅开得快，而且开得稳，还成了遵守交通规则的模范。在一些十字路口，都竖一个牌子，上面写fourwall，stop就是说你到了这里，不管有车没车，都必须停一下。如果在小区里，四岔路口经常是没有车的。有人开车到这里，见旁边没有车就不愿意停，直接开过去了。儿子却不这样，只要见到fourwall的牌子，不管旁的路有没有车，他都要停下来。看来他已经养成了习惯，办什么事都要守规则。

他上的是大学一年级。在美国，大学生打工是很普通的事。一个人年满18岁了，不管家中是不是富裕，如果从来没有打过工，会被人看不起的。我的儿子的观念也发生了变化，和他一起打篮球的小伙伴介绍他去打工。那是一家华人开的饭店，名叫龙珠楼。他的工作是收客人用过的盘子。饭店很大，两个大厅一共有60多张桌子，可是，和他一起收盘子只有两个人，一个是他，另一个是老板。在我们这里是无法想象的。但美国的朋友对我们说，如果老板用一个人能干下来，不会用两个人的。

儿子工资不高，每小时只有5美金，一天干12个小时。当然可以打半工，干6个小时。可是儿子不愿意干半工，他说，既然去了，不如多干些。在家里，他吃了饭随手把碗扔桌上，很少洗碗。现在他要收拾60多张桌子的剩菜残盘，真是天大的变化！一天干下来，他累得要命，回到家中就倒在床上，话都不愿意多说。

后来他对我说，这样的工，老爸肯定打不下来。言语中颇有些自豪。但是他挺下来了。我不由想起他在国内上学的情景，他在南京外国语学校上学，别的表现都不突出，然而到了军训，他浑然变成另一个人，正步走比谁都走得好，在太阳底下直立着不动，被评为军训积极分子。可能是军官的评语好，他回到学校就成了升旗手。我觉得他是一个舍得出体力的人。

他拿到工资了，显得很激动。这是他平生第一次赚钱！他说要立刻告诉国内的好同学，可是同学在上课。由于时差关系，我们这里已经是深夜了，他白天忙了一天，眼皮都粘到一起了，还不肯去睡，一定要等同学下课。他要尽快地让国内的好朋友分享他的快乐。终于等到时间了，电话通了，儿子的睡意全飞了，他热烈地对大洋彼岸说，我今天赚钱了！赚了50美金！他的同学也在话筒里欢呼。我心里一阵发热。

一个月后，他换了一家饭店。老板娘很器重他，让他负责收银，每小时7元半。这是有责任的工作，要求认真仔细，不能出差错。他不肯少干，一个星期两天半上学，三天干活，每天干十二个小时。一个月下来就有一千多美元了，可以养活自己了。

儿子收银，也遇上风波。一次，一个黑人来买炸鸡，把钞票给了我儿子，刚要给他炸鸡，却改变主意说不买了。儿子把10元钱还给他，黑人叫起来，说，刚才给他的是 100 元的。儿子愣了，这是从没有遇见过的呀。黑人还在不依不饶地要。他灵机一动，把手中的钱箱拿给他看，说，到现在为止，今天我还没有收到 100 元的钱呢。那黑人诈不到，悻悻地走了。老板娘称赞他，说他机灵。

我认为，让孩子知道他所享用的东西是来之不易的，对他的成长非常重要，尤其是对一个男孩子。只有知道来之不易才能懂得对父母要感恩，从而对社会对大自然的赋予都怀有感恩之心。

在去美国之前，儿子在国内上过半年大学，不算用功，有时还不上课去打游戏机。可是他到了这里，再没有一次旷课。他是开车上学的，有一次下暴雨，雨水像从天上倒下来，前面黑乎乎，什么都看不清了，还是中午，路灯都亮了。儿子心里惦记着上学，一心想开快点，可是不可能开快。到学校已经晚了，但来的同学还不到一半。就这时，老师也赶到了，他环顾底下，说，今天来上课的同学，这次考试都加 10 分。同学们一起欢呼起来。

儿子长得高大英俊，好多女孩子都愿意和他来往。有一个墨西哥女孩子对他有好感，一次向他借手机，他借给她了。没想到她往自己手机上打电话，就把儿子的号码留下来了。以后，她经常给儿子打电话，有时谈功课，有时就有一搭没一搭说话，有时夜深了也打电话来。我们觉得这样太浪费时间了，而且，和一个异民族的女性多接触，谁知道会发展成什么样呢。儿子也觉得不合适，但不知怎么处理。

他的姑妈来美国二十多年了，对他说，墨西哥女孩子在性上面很开放，你可以和她见面，但记住了，不要到别的地方去，只到图书馆。他把这话记得很牢，和女孩子只在图书馆、在学校的公开场合见面。这样，他们谈论的就是学习。女学生在美国生活十多年了，英语自然比儿子好，作文的表述也比他强，儿子就向她学习，一段时间之后，他已经能自如地用英文表达内心的感觉了。同时，他也向她讲解数学、化学习题。通过和异性交往，儿子收获的是友谊，是学习上的互相激励和帮助。

儿子刚到美国，是在社区大学读书。美国的大学体制有个特殊的地方，在社区大学读两年之后，可以升入正规大学。社区大学的学费比较便宜，一些国际学生都愿意在这里上学。从社区大学进入正规大学，无须另行考试，只看你平时的成绩，每次考试和练习都计算进去，总分达到标准才能升入。这和我们大陆的高考毕其功于一役很不一样，它注重的是你学习的总体质量。学生的心理压力也没有那么重。

当然，社区大学的大部分学生则无法进入正规大学，进入重要大学的就更少了，而儿子则升入了德州大学奥斯汀分校，在全美的公费大学中，这是一所相当好的大学。我们为他而自豪。

他离开休斯敦，离开家了，一人在奥斯汀住校。他在美国的朋友很少，所以处理时间的最佳办法就是一个人闷头读书。

他学会了自己洗衣服，学会了独立生活所要处理的一切。有一样却很难忍受，那就是吃饭。学校食堂没有别的东西，只有炸鸡汉堡，就是有蔬菜，也是生的。他实在吃腻了，闻到气味都想吐了，可永远只有这两样，炸鸡汉堡，只得硬着头皮吃。假期中他回到休斯敦，他妈妈在华人超市中买了青菜，烧给他吃，他吃着可口的青菜都流泪了。

美国的中学相对轻松，可是大学的压力远远超过我们国内，儿子学化学工程更是不容易。他对我说，最难的一门课是现象学，计算液体在管道里流动的速度和压力。往往一道题要计算五六个小时，难以想象地艰难。儿子算得精疲力竭，头脑昏昏的，泪水不自禁地流了出来。他就听班德瑞音乐，强迫自己清醒起来。临到考试更是紧张，甚至通宵达旦，实在累了在床上躺一会，醒了立刻扑到书本上去。

到奥斯汀的第一年，他成绩不理想。今年大不一样了，除了外语 B 之外，所有的专业课成绩都是 A。

妻子平时在美国多，她经常在网上给他写出一封一封长信，和他谈学习，谈生活，倾注了她的心血。而我只要有机会，也喜欢和他谈话，谈社会，谈做人。我认为，凭他的智商和学习态度，成绩好是应该的。大陆去美国的中国学生成绩都不差。我更看重他的品质，做人的方式。希望他活得舒展。

今年他放暑假回中国，请原来大学的同学吃饭，请了十个人，花的钱不少。可是事后他似乎并不高兴。我问了才知道情况，原来大家闷着头吃，很少和他说话。而且，事后没有人和他打电话。

我一时无语。我理解儿子，他在美国朋友少，除了和室友交往，几乎没有社交，只是闷头学习，长期在孤独的状态中。他回来了，当然希望过去的同学和他密切交往。他渴望友谊，渴望了解人，也被人了解。然而这次请吃饭，却让他十分失望。

我安慰了他，请他换位思考。我说，你把自己放在你同学的位置上，或许你正在紧张地找工作，现在毕业生就业形势十分紧张，找工作非常不容易。可是你没有后门，家又在农村，心里挺烦的。有一个从美国回来的同学请你吃饭，吃就吃了，他怎么会注意你的心思呢？所以，你不必为这个不高兴。也可能某些同学认为你在国外留学，处境比他们好，见了你不知说什么好。所以你应该理解他们。你请他们吃饭，证明你看重友情，没有忘记他们。一个人可以要求自己，但不能要求别人。

儿子眉头舒展开了，他马上给一个家在农村的同学打电话，约他到家里来，一起讨论几道化学题。等他放下电话，我们相互一顾，都笑了。

从给小费说起

在美国,餐馆里有一种活,叫waiter。翻译过来,就是招待员,负责给客人倒茶水、送菜、递餐巾纸、换盘子。干这活老板给的工资很少,一个小时就2美金。但是waiter的收入一点不少,除了大厨之外,就他们拿钱多,都争着干,那他们的钱从哪里来的呢?

答案很简单,靠客人给小费。

干这活的都是年轻人,因为他们手快脚勤,容易讨客人喜欢。而年轻人也喜欢干这活,只要热情开朗、服务周到,客人满意,就会拿到不少钱,一天赚一百美金,是很正常的事。在美国,小费约计占消费金额的百分之十到十五,也就是说,吃了100元的客人,小费基本上给15元。还不用交税。如果遇上有钱人,他觉得你服务使他非常惬意,随手抽一张100元,这种事不难遇上。

一个中国女性告诉我,她年轻时做waiter,最多一次,三天赚了1800元。现在她经营一家上好的饭店,还兼做房地产生意。这是她作为光荣历史来讲,教育她的孩子要自立。

在美国,打工赚钱一点不丢脸,哪个工赚钱多,美国人就打哪个工。如果一个年轻人长到 18 岁了，还没有打过工，还不知道自己赚钱，那会被人瞧不起。很多有志气的年轻人就是靠做 waiter 赚小费，上完了大学。

我不由得想，在我们中国，为什么服务行业就没有给小费一说呢？是因为我们国家的传统文化不接受给小费呢？还是我们服务员的工作热情很高，无需用金钱来激励？

两个假设都不成立。答案只有一个，中国劳动力过剩，供大于求，服务行业的劳动还没有得到应有的尊重。

如果说是传统文化不接受给小费。那么，自从改革开放以来，国人意识的变化不算小。商人可以做生意大发其财，脑子灵的人可以出卖点子赚钱，名人出场就能拿出场费，走穴艺人动辄几十万，为什么工人靠自己周到、细致的服务，就不能拿小费呢？这是劳动所得，有什么不可以！传统文化不是原因。

可以说，正是由于中国劳动力的供求关系，使得一些体力劳动者工资相对菲薄。一些用工者更是随意拖欠工人薪金，在他们的脑子里，不要说小费，就连工人维持再生产的起码的工资，都要恶意侵吞。民工辛辛苦苦干一年，到头来连活命钱都要不到。对这些可耻的人，不是和他们讨论小费的问题，而应是依据法律，毫不客气地向他们讨还工资，讨还道义！

我写这篇短文，并不是提倡明天起就给小费。我想说的是，美国给小费的现象值得我们注意。在中国之所以没有人提倡，是因为劳动力过剩，找个工作都难，有口饭吃就不错了。低价的劳动力使打工者始和用工者始终处于一个不平等的地位。同时，服务员是弱势群体，没有人替他们发出这种呼吁。换一句话说，给小费的条件还远没有成熟。

但有些事是可以做起来的，就是切切实实付给民工工资。西方很多国家是付周薪的，还有的是干一天付一天。我觉得，有关方面可以考虑，缩短民工拿工资的期限，不要一年发一次，可以改为一个月或一个季度发一次，这对减少拖欠工资是有利的。

说老实话，给小费并不是什么的法宝，也不是了不起的境界，但是，至少在我们掏出小费的一刻，可以充分意识到他人为你付出的辛勤的劳动。

走进每个富丽堂皇的商场，营业员都恭恭敬敬地说，谢谢光临。我却很少听见说，谢谢你的服务。为什么呢？因为消费者是出钱的，所以他是上帝。有钱就是上帝。有劳动力的，在我们这里还不是上帝。

到了哪一天，在我们这片土地上，有劳动力的，也变成上帝了。那就是这个社会真正的福音。

出游和家庭

在美国，装上小耳朵，就能看到大部分国内电视台的节目。我发现很多在美国的中国人都看中文台。看中文台免不了要看电视剧，这是他们了解当今中国的一个重要途径。而当代剧中多的是婚外恋、第三者，几乎很难找到一部没有婚外恋的都市剧，这让我们的海外同胞既惊诧，又惊羡。

细想，这里自有它的道理。华人远涉重洋谋生，初到一个环境，首先考虑的是谋生。他们人生地不熟，最亲密的当然是自己家人。所以新移民的各种活动都是以家庭为基本单位的。一家人一起打工，一起奋斗，一起品尝酸甜苦辣，心灵有了痛楚，自家人替你抚慰。等到创业获得成果，可以享受生活，出去旅游了，也都是一家人一起外出。

在美国，不会有什么单位组织你旅游。我的姐姐和姐夫都是搞艺术的，一个舞蹈，一个小提琴。他们的事业很成功，开办了一个舞蹈前校，前后培养出几千名学生。他们工作之余，特别喜欢旅游，每年都要外出，或是欧洲，或是迈阿密，或是中国、埃及，从来就是他们夫妇自己前往，有时也邀请要好的夫妇同行，大家各自掏腰包。

而在国内，很长一段时间内，旅游是由单位出面组织的。单位经济效益好的，不但组织自己的员工旅游，还要组织行业内的优秀分子一起旅游。比如说，当年文学红火的时候，各地的文学杂志、各个协会举办的笔会就是一个例子。没有人统计过，那个时候，各种形式的笔会全国一年要举办多少个。

现在文学的"笔会"是大大减少了，可是其他红火的行业，比如银行商界，比如工商税务，不是还在举办各种各样的旅游"笔会"吗？而且，规模和经费远远超过当年文人的笔会。

别小看两地这点区别，几乎是致命的。你想，一边是家庭在一起，两对夫妻三对夫妻相处，都是熟稔的，颇有亲人之感，婚外恋很难发生。而在我们的各种"笔会"里，请的都是一个一个鲜活的单个男女，哪怕你平时是拖家带口的，但在会议假间，却是一点不含糊的单身。彼此又是陌生的，陌生就有新鲜感，就有神秘感。而要聚会一个星期以上，乏了没有其他事，空洞了就要乱想，免不了打情骂俏，亦真亦假，亦实亦虚，不免动起真格来。

我以为，国内之所以婚外恋盛行，和这个社会不以家庭为日常活动的一个经常性的单位，有不可分割的联系。在海外，邀请一个朋友活动，一般都会说，请带你的太太（或先生）一起来。而大陆，很少有人这么说，反倒会说，什么？带你老婆（老公）一起来？那太扫兴了，太不好玩了。这就是国内和海外的区别。现在，我们一些忙人，天天在外边应酬吃饭，吃了还要卡拉ＯＫ，还有形形式式的节目，偶然在家里吃一顿饭，家里人都会十分珍惜。据我所知，美国的男人没有特殊情况，都要回家，和家人共进晚餐。

我们的老祖宗是重视家庭的，可那时是夫为妻纲，不是平等的家庭对应关系。经过历次政治运动，家庭地位被降到最低，而单位的地位陡然上升。在京剧《林海雪原》中，小常宝唱，爹想祖母我想娘。按这个逻辑，爹是只可以想祖母，不可以想老婆。当家庭在社会活动中失去它正当的位置时，另一种填充的形式很可能发展成畸形。

进入新的历史时期，这种现象理应得到纠正。然而，随着商品大潮的到来，我国城乡的流动人口急剧增加，在某些地方，家庭的位置不但没有得到加强，反而削弱了。你可以到农民工中进行调查，妻子不知丈夫在何处，丈夫不知道妻子在干什么，类似情况不是少数。

所以我以为，在当今社会中，以家庭为单位的活动不是应该减弱，而是应该增强。可喜的是，已经有了好的苗头。现在自费旅游的比例在不断增多，自费旅游一般都以家庭为单位。同时，在一些修养较高的人的聚会中，带夫人的现象也在增多。电视台举办的各种家庭竞赛活动也方兴未艾，而这正是我们是建设和谐社会所需要的。

买椟还珠及其他

中国的食品包装，如月饼，茶叶、酒类，那些外包装实在精美，有的用丝绒，有的用绸缎，设计也别致漂亮。用过里面的东西，真舍不得把扔掉。但总不能都堆在家里吧，所以，在垃圾筒总能看见一摞摞漂亮的包装盒，忍不住感叹，太浪费了。

以前和外面打交道少，以为发达国家的包装好，我们是学人家。后来大家都出去了，到那一看，才知道远不如我们。古代有个成语叫买椟还珠。如果用在当下，我觉得一点讽刺都没有。

过去，包食品是很简单的。用一张大麻纸，摊开了，你选了食品，或是桃酥、糕团，或是叉烧、烤鸭，放入麻纸，售货员手脚利索，对折，齐齐整整叠好，面上压一张红纸，红纸上印了商标和厂址，再用一根红绳扎起来，让你喜滋滋地拎了走。这就是考究的包装了。

当然现代化了，讲究包装也是需要的，但凡事都有个度，不要过。比方说一件衬衫，名牌的。厂家是仔仔细细叠好，用许多小针固定在上好的衬纸上，装进盒子，封上塑料纸，再装进精美的拎袋。

漂亮是漂亮了，但有不少是无须浪费的，而且你拆开时也够麻烦。在美国买衬衫就不一样，都在架子上放着，你看好哪件，拿就是了。售货员给你叠了，至多给你一个塑料袋。

为什么包装要如此精美，外相要如此好看？说来也简单，商家锁定的是送礼。有朋友说，如果是自己吃，自己用，他上商店是不会买这么考究的。这就提供了一个标识，什么时候商品的外包简化下来，公家掏钱送礼也就式微了。

中国的资源并不丰富，你到北美去看，加拿大，美国，大片的森林和湖泊，显见的资源比我们丰富，然而他们没有因此而大肆挥霍，我们不应该对照吗？

实际上，只要重视起来，都是办得到的。比方说多年前盛行挂历，每个公司每个单位都印，作为新年的礼物，多的人家收了几十本，可以把四面墙都挂满。有人算了账，说一棵树也就能做几十本挂历。可能成本慢慢高了，也可能觉得老套了，这挂历之风才渐渐消减。这个做得到，难道其他的浪费，如月饼盒之类，就无法改变吗？

再讲一个事，就是装修。一些人买了二手房，原来的装修都是很好的，不过用了几年，可是新进来的人家，十有八九是要拆光了重装。在我们小区，时不时可以看到拆下的堆积如山的家具家装，不少都是新的，等着垃圾车运走，不免让人心痛。我曾经反复想，这是什么心理？可能对于搬进来的人家来讲，他是买了不是新房的"新"房，为了强调新，就要把以前的痕迹拆得一点都没有。也可能他有自己的设计。唯独没有考虑环保。

在美国，我们买的二手房，有年限了，但原房主在卖之前装修过了，所以我们没有动土木。原因很简单，那边没有这风气。

最后讲一下我的卖房。我是2014年年底卖掉南京河西的房子的。买我房子的人说，他们夫妻俩工作时间不长，所以没有太多钱，他们买去我的房子，基本不动，作点小修小补，就住进，所以希望家具、家电尽量能多留点下来，价格嘛，也能便宜些。我是个爽快人，都答应他了。价降下来，能不带的都不带了。

搬走后一个多月，我的太太回去看，回来告诉我，全拆了，一点都不剩，比毛坯房还要彻底。我惊得说不出话。我不想弄清他是当时就没讲实话，还是后来改变了想法，只是可惜了那苹果牌音响，我是很喜欢的，应该带走的呀。

我的田园生活

到美国，我们的房子是 House，就是指前后带花园的独栋房子。刚住进去特别兴奋，在中国的城市里，在南京，要是有带这么大花园的房子，还了得！等新鲜劲儿过去了，才知道麻烦不少。有花园就要割草，尤其是房前园子，我们是在拐角上，好大一片，邻居家都割得齐齐整整，漂漂亮亮，要是你家园子杂草丛生，荒芜不齐，邻居会不高兴，他们会想，这家中国人怎么这样懒？还会吃罚单。所以你必须劳动。而美国人是很自觉的，经常可以看到，一些老头驾着割草机，在门前的草地上开来开去。

这样，我就有了可喜的变化，减肥了，比原来减掉8斤。在中国，我老想减肥，就是减不掉，因为你的活动有限嘛，成天坐在电脑前，能减掉么？而在这里，我过着陶渊明式的生活，小国寡民。鸡犬之声，老死不相往来。采菊东篱下，悠然见南山。不减也不可能。

早晨，我很早就起来了。天刚放亮，绚烂的霞光缀满了东边的天空。打开园门，作深呼吸，空气少有的新鲜，晶莹的露珠在草叶上滚动。后边园子里有一棵核桃树，硕大无比，一个人都抱不住，丰茂的枝叶伸到半空中去，能给半个园子遮阴。核桃结果子分大年和小年，到了大年，满树都是累累的果实，风一吹，成熟的核桃噼噼啪啪往下掉，捡晚一点，下雨了，就会烂掉。这时，最乐意的就是松鼠了，常常看到松鼠捧着核桃在地里一跳一跳。

除此之外还有一棵柠檬树，一棵桔子树。柠檬结得少，但桔子结得特别多。有一年结了满树的果子，把树干都压断了，像一个孕妇生了四胞胎，五胞胎，腰都折了。我掰开一只吃，酸得吃不消。这是什么品种呀，妻子和儿子都不要吃，没办法，就把折断的枝条拖到门外，放到房子边上。

一会就听到嘈杂的声音，是谁啊，打开门看，想不到树枝旁围了好几个人，有墨西哥人，还有一对白人夫妇，在摘枝条上的桔子呢。我们出来了，他们对着我们笑。我忙解释，是我们吃不了了。其实是多余的，扔在外面就是不想要了嘛。他们捡得很欢，白人夫妇还推了一辆小车，装得满满的，说是回家熬果酱。我忙说，Good!good! 说实话，我很开心，我们能有东西送给白人、墨西哥人了，不是很好嘛。

然后，你去割草。松鼠在树丛间跳来跳去，鸟的啁啾清脆悦耳。会看到晨起遛狗的老人，他只会和你说hi，很少再说第二句话。斜对门是一个疗养所，住的黑人居多，常常有车开进开出，唱着他们的歌。

我用的是手推割草机。别说割草不是重活，但两大块地，干久了，也蛮枯燥的。我就想着点子割，先一来一去割，再是绕着圈子割，先走大圈，再走小圈，一圈一圈，层层剥笋，最后消灭。有时突发奇想，把草地当一块画布，割草机就是画笔，你是在画布上纵情挥洒，这一来，情绪是有了，效果却差了，东一块西一块，像癞痢头上的斑块。

等把草割好，浇了水，我就回到屋里。我回到屋里，摊开宣纸，开始做每天的功课。这时心平气和，从容自然，一点不急躁，写出的字也厚实。

虽说这里草木丛生，但有一点好，很少见蚊子。我是最怕蚊子咬的人。在南京，家里只要飞进一只蚊子，咬的人必定是我。所以整个夏天，我都是在和蚊子的斗争中度过。纱窗装得好好的，还点上蚊香，可是，我闭了灯躺在床上，还是听到耳边嗡嗡的空袭声。于是，我再困也要爬起来，用电蚊拍扑打。妻子从来不知道，好像蚊子对她不感兴趣，我已经歼灭好几只了，她才在梦中朦胧地问，有蚊子吗？

休斯敦的气候和广州差不多，又有众多的草坪、树林、湿地，我想蚊子不知怎么猖獗呢！于是带了蚊香、灭蚊灯、蚊拍等，全套装备到美国。比较而言，最灵的是蚊拍，当初我在南京的实践证明，这是灭蚊最可靠、最有效的武器。我甚至想过，如果美国蚊子也多，可以多带一些去卖。

出人意料。休斯敦几乎见不到蚊子，或者说很少有蚊子，所以美国人并不把灭蚊当大事。偶然见了一只，也不见它熄灯后来空袭。真是奇了怪，是因为休斯敦靠海，还是美国的蚊子不是嗜血型的？倒卖的计划是泡汤了，但不用和蚊子作不折不挠的斗争，还是令人喜悦。

没有蚊子，却有另一种昆虫，蚂蚁。美国是个盛产蚂蚁的国度，到处都有。只要你在草丛中看到一个拱起的蜂窝状的包，那就是它的窝。草地上到处都是它的窝。大嫂对我说，千万不能去碰它。那年大哥想增强运动，买了一架割草机，自己去割，第一天就被蚂蚁咬了，脚肿起来，大了几圈，像大脚风病人。以后，不要说割草，他连草地都不敢踩上。据说，被蚂蚁教训过的人不在少数。

我来美国前，姐姐就对我说，草地上不能随便走的。是给我打预防针。起先我也警觉，后来一次不小心，误踩了拱起的窝，怕得要死，心想，这下完了。可是蚂蚁一窝蜂散开了，却没有一只来咬我。这让我惊讶,以后我就在草地上大胆走,走险地如履平地,从来没有被蚂蚁咬过。

也算奇事,我怕蚊子,就是不怕蚂蚁。可见一物降一物,一物怕一物,还真是有呢。